Maze Hunter

메이즈 헌터 1

메이즈 헌터 1

초판 1쇄 인쇄일 2015년 8월 27일 | **초판 1쇄 발행일** 2015년 8월 31일

지은이 이한빈 | **펴낸이** 곽중열 | **담당편집 팀장** 이범수
편집부 신연제 이윤아 김호성 김은경

펴낸곳 (주)조은세상 | 출판등록 제 2002-23호
주소 경기도 연천군 미산면 청정로 1355
TEL 편집부 02)587-2966 | FAX 02)587-2922
e-mail bukdu@comics21c.co.kr

ⓒ이한빈 2015
ISBN 979-11-5832-246-5 | ISBN 979-11-5832-245-8(set) | 값 8,000원

※잘못 만들어진 책은 바꿔 드립니다.
※저자와의 협의에 의해 인지는 생략합니다.

이한빈 퓨전 판타지 장편소설

NEO FUSION FANTASY STORY & ADVENTURE

메이즈 헌터

Maze Hunter

① 1

북
두
(주)조은세상

CONTENTS

NEO FUSION FANTASY STORY & ADVANTURE

Maze Hunter
메이즈헌터

NEO MODERN FANTASY STORY & ADVANTURE

네이즈
헌터

1

Maze Hunter

1

어두컴컴한 회색 하늘이 눈에 들어왔다.

혼은 킬러였다. 대한민국, 아니, 세계 제일이라는 타이
틀이 당연하다고 생각될 정도로 강력한 킬러. 여태까지
40명의 고위인사들을 처리하면서 단 한 번의 실수도 없었
던 암살계의 천재였다.

전날 침대에 몸을 뉘였던 혼은 딱딱한 바닥의 한기에
눈을 떴다.

차가운 시멘트 냄새가 혼이 코를 긴길었다. 이윽고 혼
의 눈에 들어온 것은 높고 길게 뻗은 회색 벽이었다. 목을
수직으로 올려보아도 끝이 보이지 않는 높은 벽.

뒤를 돌아보니 이와 똑같은 벽이 서 있다. 양 옆이 벽으

로 막혀 있고, 황량한 길 하나 만이 일직선으로 뻗어 있는
상태다.

혼은 고개를 돌려 곧게 뻗은 길을 쳐다봤다.

"음."

혼은 일단 앞, 뒤 중 한 곳을 정해 걷기 시작했다. 가만
히 서서 고민을 하는 것보다 일단 주변 상태를 살피는 것
이 더 낫다고 판단했기 때문이다.

그렇게 한 30분을 걸어가자 또 다른 벽이 혼의 앞을 가
로막았다.

"뭐야?"

아무래도 이곳은 미로인 것만 같다. 그것도 무식하게
거대한 미로.

예전에 유럽에 일하러 갔을 때 목표가 동굴 안에 숨은
적이 있다. 기독교가 박해를 당할 시절 은신처로 썼던 곳
이라는데 정말 다시는 들어가고 싶지 않을 정도로 음산하
고 복잡한 곳이었다. 마치 이곳처럼.

아니, 그건 아무래도 좋다. 왜 아침에 일어났는데 미로
속에 있는 걸까? 어제 심장마비로 죽었는데 지옥에 떨어
졌다던가, 아니면 납치를 당했다던가.

혼은 별별 궁리를 하다가 고개를 저었다.

상황이 펼쳐진 이상 그 상황에서 이상적인 행동을 취한
다. 킬러로서 감정을 배제하고 이성을 지키는 방법을 배

운 그였다. 놀람, 당황, 막막함, 그런 감정들은 일단 접어 두고 생각을 하자.

혼은 고민을 하다가 뭔가를 깨달았다는 듯이 흠! 하고 기합을 넣었다.

"제장, 뭘 해야 할지 모르겠어."

혼은 출구를 찾기 위해 이동했다.

수 만 가지의 경우의 수를 생각하고 있었다. 벽은 63빌 딩처럼 높았고, 끝도 없이 이어졌다. 지구에 이런 곳이 있 다고는 생각할 수가 없다. 그렇다면 이곳은 어디인가, 도 대체 어떤 행동을 취해야 하는가.

킬러로서 가장 중요한 것은 냉정함을 유지하는 것이다. 누군가를 암살하는 일에는 항상 수많은 변수가 존재했다. 혼은 훈련된 냉정함으로 그 변수들 사이에서 가장 합리적 으로 목적을 달성하는 방법을 생각해낼 수 있었다.

그런 냉정함을 가진 혼이 내린 결론.

이런 곳은 존재할 수 없다.

"이거 참 답이 없네."

어쨌든 현재 시점에서 중요한 것은 낭상 먹을 것노, 살 곳도 없다는 것이었다.

가끔 나무들도 보였지만 열매가 열릴 만한 것들은 아니 었다. 가끔 벌레들이 기어 다녔지만 먹으면 위를 갉아 먹을 것만 같은 비주얼을 하고 있었다.

한참 먹을 것은 없나 주위를 둘러보며 걸어가고 있을 때, 앞의 벽에서 돌이 갈라지는 소리가 들렸다.

혼이 고개를 들어 보니 무언가가 꿈틀거리고 있었다.

정확히 말하자면 성인 한명 크기의 물체가 벽에서 튀어 나오기 위해 안간힘을 쓰는 모습이었다. 허우적거린다고 해야 하나?

아무리 냉정한 혼이라 하더라도 색다른 광경에는 놀랄 수밖에 없었다.

이윽고 그 생명체는 벽에서 튀어나왔다. 혼은 그와 동시에 풍기는 달걀 썩은 내 때문에 인상을 찡그리며 코를 막았다.

그 생명체는 벽에서 튀어나온 뒤에도 일어나기 위해 버 둥거렸다. 인간의 모습을 하고 있었으나 전신이 파란색이 었으며 문드러진 얼굴과 손 그리고 발은 역겹도록 못생겼 다. 점액이 떨어지는 소리에 소름이 돋았다.

혼은 몸서리친 뒤 이제는 두 발로 서 있는 생명체를 바 라봤다.

"크아악!"

갑자기 소리를 지르네. 분노 장애인가.

혼은 놀랐던 가슴을 진정시키고 냉정하게 주시했다. 키는 약 2m, 원숭이처럼 팔이 길기 때문에 리치가 길다.

극단적으로 상체는 짧고, 다리가 길기 때문에 전체적인 밸런스는 안 좋아 보이지만 발차기도 조심해야 할 것이다.

"크아아아악!"

소리 좀 그만 질러라.

저 생명체는 확실한 적의를 보였다. 살의, 적의, 호의, 이런 기본적은 느낌을 잡아내는 데에 있어 혼은 천재적이다. 과장해서 말하자면 독심술사 급이다.

"쳇."

혼은 품속에서 단검을 꺼냈다.

파란 생명체는 다시 한 번 소리를 버럭 지르더니 성큼성큼 뛰어오기 시작했다. 다짜고짜 공격이라니, 혼은 쳇하고 짜증을 냈다.

파란 생명체는 혼이 생각하는 와중에도 알짤 없이 공격을 해왔다.

인간에 비하면 엄청난 속도다.

인간에 비하면 말이다.

혼은 고개를 휙 숙여 공격을 피한 뒤 단검을 놈의 겨드랑이에 꽂은 뒤 위로 올려 관절을 틀었다.

지킨 먹을 때 날개를 뜯어 본 적이 있는가. 오도독하며 뭔가 꺾이는 그 느낌말이다. 그 쾌감과 맞먹는 진동이 혼의 팔을 울렸다.

이렇게 되면 한쪽 팔은 불구가 된다. 강한 적을 상대할 때는 팔이나 다리를 먼저 공략한 뒤 천천히 죽이는 것이 혼의 스타일이었다. 안전제일이라고 하자. 인생은 위험하니까.

"꾸에엑!"

돼지 멱따는 소리와 함께 붉은 피가 철철 쏟아졌다.

보통 이 경우 인간들은 고통을 못 이기고 기절하거나 무릎을 꿇는다. 하지만 이 터프한 녀석은 곧 바로 반격을 했다.

원래 킬러란 최악의 경우를 생각하는 사람들이다. 혼은 이어지는 공격 역시 예상하고 있었다.

이 녀석, 주먹이 얼마나 강한지 스칠 때마다 무슨 야구 선수 풀스윙처럼 붕붕거리는 효과음이 났다.

혼은 곧바로 녀석의 턱에 단검을 꽂아 넣었다. 인간에게는 단련시킬 수 없는 급소가 다섯 군데 존재하는데, 그중 하나가 턱이다. 이 녀석도 인간 형태이니 그리 다르지는 않을 것이다.

"켁."

파란 녀석은 단말마를 지르고 쓰러졌다. 혼은 곧바로 녀석의 심장이 있을 만한 부분에 단검을 꽂아 넣고, 차례 대로 다리와 팔의 힘줄을 끊었다.

혹시나 죽지 않았더라도 사지가 움직이지 않으면 쉽게

요리할 수 있기 때문이다.

뭐 얼굴로 충분 할 것 같으나 확실해서 나쁠 것은 없다.

"아이고, 배고프다."

혼은 배를 부여잡았다. 이 녀석 때문에 안 그래도 텅텅 빈 배가 밥을 달라고 아우성이었다.

혼은 시체 옆에 털썩 주저앉았다. 그 순간 무언가 눈앞에 번쩍하고 떠올랐다.

네모난, 마치 컴퓨터에 뜨던 것과 같은 모습의 알림 창이었다.

－3점 획득. 누적 점수 3점.－

정체모를 창이 짤막한 메시지만 남기고 사라지자 혼은 머리를 긁적이며 옆의 시체를 바라봤다.

"이건 또 어디 갔어?"

신기하게도 그곳에는 시체 대신 새끼손가락 한 마디만 한 붉은 돌만 놓여 있었다. 여기는 시체가 보석으로 바뀌는 것인가. 혼은 고개를 갸웃했다.

어쨌든 값어치가 나갈 것 같은 물건이었으니 혼은 그 보석을 주머니에 넣고 자리에서 일어났다.

가만히 앉아있어도 시간은 가고, 시간이 가면 배가 고프다. 당장에 물도 없기 때문에 소변이라도 받아 마셔야 할 판이었다. 어디 뱀 없나? 생존 프로에서는 뱀 껍질에 소변 받아 들고 다니던데.

혼은 그런 끔찍한 생각을 하며 앞으로 걸어 나갔다.

❖

망할 미로.

새로운 아침. 잠에서 깨 길을 걷다 보니 아침 안개사이로 멀리 산 같은 것이 흐릿하게 보였다. 뭐 산이야 어디든 있는 거니까, 그렇게 넘겼었던 혼은 안개가 걷히고 모습을 드러낸 산의 모습에 절망했다.

겉모습은 대한민국 어디에서나 볼 수 있는 산과 같았다. 나무가 나 있고, 절벽도 있고, 등선을 따라 산맥을 형성하고 있다.

그러나 그곳에는 회색의 장벽이 줄처럼 그어져 있었다. 마치 성벽과도 같이, 그 누구의 침입을 허락하지 않는다는 듯, 미로는 그렇게 산 위에도 존재하고 있었다.

"저게 뭐야!"

아니, 봐봐. 보통 미로는 평지에나 있는 거잖아? 어떤 미친놈이 산에다가 미로를 만드나? 이건 말이 되지 않는다. 게다가 산 위의 미로가 뱀처럼 꿈틀거리며 스스로 모양을 바꾸고 있었다.

세상이 미쳐 돌아간다더니, 지옥까지 미쳐 돌아가는군.

다행히 이곳의 날씨는 그렇게 추운 편이 아니어서 지금

입고 있는 후드와 추리닝 바지로 그냥저냥 버틸 만했다.

비만 오지 않으면 그냥 땅바닥에서 자도 괜찮을 것 같았다. 벌레가 입으로 기어들어오기는 했지만, 야생에선 그게 다 영양분이라는 거겠지.

당장의 문제는 먹을거리였다. 제대로 된 밥은 못 먹어도 좋으니 물과 칡뿌리라도 좀 캐 먹고 싶다.

혼은 잠시 무릎을 꿇고 좌절하고 있다가 굶주린 배를 부여잡고 걷기 시작했다.

긍정적으로 생각하자, 긍정적으로!

혹시 알아? 운이 좋으면 굶어죽기 전에 출구가 나올지.

그렇게 유일하게 남은 희망을 한껏 부풀려가며 길을 걷던 혼이 처음으로 발견한 것은 다름 아닌 시체였다.

"와……우."

혼은 매우 많은 시체를 봐왔다. 본인이 죽인 따끈따끈한 시체들을 말이다.

이 시체는 좋은 정보와, 나쁜 정보를 가지고 있었다. 좋은 정보는 여기에도 사람이 존재한다는 것과, 나쁜 정보는 그 사람은 죽었다는 것이다 마치 너도 이세 곧 죽을 거야라고 말하는 것처럼.

"어이, 당신은 왜 죽었소? 그 퍼런 놈들? 아니면 굶어죽었나?"

혼은 시체에 다가갔다. 뭐라도 뒤져서 가져갈 게 없나? 아니면 이 사람도 별거 없이 그냥 뚝 떨어진 건가.

"어라? 칼 맞아 뒤졌네."

혼은 시체 목에 나 있는 상처를 보고 입맛을 다셨다. 칼이라……, 칼이란 말이지. 그 퍼런 원숭이들이 칼 같은 걸 썼었나? 지금까지 퍼런 원숭이만 한 15번은 만났는데 한 번도 무기를 든 녀석을 본 적이 없다.

"너 다른 인간한테 죽었지?"

시체 주변에는 발자국이 어지럽게 찍혀 있었다. 몸싸움이 있었다는 증거였다. 주변으로는 옷가지나, 텐트 같은 것들이 널브러져 있다. 그러나 이런 걸 들고 다닐만한 배낭은 보이지 않는다.

배낭만 가져간 것일까? 그렇다면 또 다른 굶주린 인간의 습격이라고 볼 수도 있었다.

"아저씨, 이거 어떻게 들고 다녔어? 어? 말이라도 해봐."

말 할리는 없으니 시체 주변을 살펴본 혼은 그 외의 지역으로 시선을 돌렸다.

역시나 주변에는 인간의 것으로 추정되는 두 개의 다른 발자국이 나있었다. 보폭이 큰 걸로 보아 두 사람 다 뛰어갔으며, 발 크기로 추정하건데 한 명은 여자고, 한 명은 남자다.

아마 이 남자 쪽이 여자와 죽은 남자를 습격한 것만 같았다.

확신을 할 수는 없지만 남자 둘을 습격하는 여자는 쉽게 상상 할 수 가 없다. 혼은 일단 이 두 사람을 추적하기로 했다.

"꺄아악!"

아니나 다를까, 얼마 지나지 않아 가까운 곳에서 여자의 날카로운 비명소리가 들렸다.

미로의 모퉁이를 돌자 여자 위에 올라타 있는 남자가 보였다. 남자는 이미 목숨이 끊어진 여자의 심장에 칼을 꽂은 채 이리저리 돌리고 있었다.

"어이. 거기."

혼은 한마디로 자신의 존재를 알렸다. 그러자 남자는 신경질적으로 뒤를 휙 돌아보았다. 피에 젖은 그의 얼굴은 마치 굶주린 맹수와 같은 모습을 하고 있었다.

녀석의 칼에는 감정이 실려 있지 않았다. 그저, 아주 확실하게 죽이기 위해 가장 효율적인 방법을 택할 뿐. 그의 행동에는 망설임이 없었고, 오히려 당연한 일을 하고 있다는 의무감마저 보였다.

죄책감이라는 감정을 도려낸 결핍된 인간. 혼은 동족을 만나 반갑고 씁쓸한 기분이 들었다.

"하던 거 해. 일단."

"넌 뭐냐?"

남자는 혼의 배려를 무시하고 벌떡 일어났다. 혼은 녀석의 말에 대답하는 대신 다른 질문을 던졌다.

"지금 뭐 하는 거냐?"

"왜? 사람 죽이는 거 처음 봐?"

"아니, 아니. 사람 죽이는 건 알겠는데. 왜 죽이냐고."

남자는 혼의 질문에 피식 웃었다.

"왜 죽이냐니? 얼빠진 새끼. 정의의 사도, 그런 거냐?"

"아니라니까, 진짜 궁금해서 물어보는 거야. 왜 죽였냐?"

재밌어서 사람을 죽이는 놈들은 미친 거나 다름이 없다. 사이코패스들도 제각각 나름의 이유를 가지고 있었다. 비에 젖어서 기분이 나빴다는 사람도 있고, 염색한 머리가 싫었다는 놈도 있다.

이 녀석도 분명 나름의 이유가 있을 것이다.

남자는 혼의 질문에 피식 웃고는 여자를 가리켰다.

"잘 봐라."

그때, 여자의 몸에서, 아니 정확히 말하자면 시체 위에 농구공 하나 들어갈 만한 크기의 갈색 상자가 나타났다. 이윽고 이 박스는 통통~ 소리를 내며 빵과 물통, 그리고 여러 옷가지들을 토해냈다.

뭐야? 저거 다 어디서 나오는 거야?

"이 년이 먹을 걸 좀 가지고 있더라고. 배고픈 김에 잡았지."

남자는 주섬주섬 빵과 물을 챙겼다. 저거 설마 인간을 죽이면 게임처럼 생활에 필요한 물품이 쏟아지기라도 한다는 건가. 아니, 그렇지는 않을 것이다. 여기에는 뭔가 다른 비밀이 숨겨져 있을 것이라 혼은 직감했다.

남자는 빵과 물을 전부 챙기고는 말했다.

"소환, 창고."

그의 말이 끝나기가 무섭게 공중에는 아까 여자 위에 나타났던 것과 같은 모양의 상자가 나타났다. 남자가 얻은 것들을 상자는 마치 청소기처럼 빨아들였다.

"소환 해제."

남자가 그렇게 말하자 가방이 흔적도 없이 사라졌다.

뭐야, 저거 엄청나게 편해 보인다. 무슨 마법도 아니고, 저런 사기 같은 물건이 다 있어?

일단 저게 뭔지는 나중에 생각하자. 혼은 갈증과 허기를 해결할 수 있다는 사실에 기뻐하고 있었다. 당장 눈앞의 남자는 혼이 원하는 것을 전부 가지고 있나.

"야, 저 앞의 남자도 네가 죽였냐?"

"아, 그걸 봤어? 그 놈은 꽤 저항해서 말이야. 힘 좀 썼지. 그래도 나름 먹을 걸 많이 가지고 있더라고."

녀석은 당연하다는 듯 말했다.

마음에 든다. 그래, 살기 위해서는 상대가 인간이라 하더라도 죽여야지. 욕심은 인간의 본능 중 하나. 누구나 계기만 있다면 될 수 있는 대로 잔인해질 것이다. 배가 고팠다는 이유만으로도.

"잘 됐네, 나도 배가 고프거든."

혼은 말이 끝나기가 무섭게 녀석에게로 달려들었다.

녀석은 반응할 수 없다. 혼은 본인의 실력을 정확하게 알고 있었다. 일반인이 반응할 수 있을 정도의 능력이었다면 예전에 목이 날아갔을 것이다.

"무, 무슨!"

혼의 단검은 녀석이 움찔하기도 전에 목표였던 목을 꿰뚫었다. 남자는 무슨 일이 벌어졌는지 알아차리지도 못한 채 그대로 쓰러졌다.

"켈록, 켈록."

남자의 유언은 성대가 끊어져 뭐라고 하는지 알아들을 수가 없다.

혼은 잠시 기다렸다. 이제 상자가 튀어나올 차례 아닌가? 그러나 10초가 지나도록 상자의 그림자도 보이지 않았다.

뭐야, 왜 아까처럼 상자가 안 나오지? 이렇게 하면 나오는 거 아니었나?

"아, 확실히 죽여야 나오는구나."

혼은 단검을 잡고 뒤틀었다. 그러자 남자는 잠시 경련을 일으키더니, 그대로 축 늘어졌다.

녀석의 목숨이 끊어지자마자 어김없이 상자가 나타나 수많은 빵과 물, 그리고 텐트를 비롯해 무기까지 뱉어내기 시작했다.

혼은 땅에 떨어진 빵과 물들을 집었다. 그런데, 시야의 구석에 웬 모니터 비슷한 창이 생겨나는 게 아닌가.

"이건 뭐야?"

– 5점 획득.

– 누적점수 50점.

또 이 점수다. 뭐 하자는 짓거리인지 모르지만, 어쨌든 쌓이면 좋은 것이겠지. 혼은 산산이 부서졌던 긍정마인드를 다시금 조립했다.

"으흠."

혼은 이 짐을 전부 어떻게 해야 할까 생각하다 창고라는 것을 소환하기로 했다.

"대충 이렇게 말했었던가. 소환, 창고!"

말이 끝나기가 무섭게 거짓말처럼 혼의 눈앞에 갈색 상자가 떡 하니 나타났다. 상자의 옆에는 숫자가 표시되어 있었다.

3/100.

그리고 겉면엔 푸석푸석한 빵 2개와 물 500ml 1개, 친절하게 목록이 쓰여 있었다.

혼은 일단 상자 안으로 손을 넣어보려고 했다. 그러나 아예 손이 들어갈 구멍 자체가 없었다.

물리적으로 물건을 빼내는 것이 아니라면 이것도 명령어가 있을 것이다. 혼은 게임이나 애니메이션에서 봤었던 그럴 듯한 단어를 외쳐보았다.

"나와라! 빵!"

아무 일도 일어나지 않았다.

혼은 창피함에 주위를 둘러보았다. 뭐, 누가 있을 리는 없지만.

"나 혼의 이름으로 빵을 소환하노니! 나와라. 빵!"

크윽! 돌아서 사지가 오그라든다.

이 망할 창의력. 뭔 짓을 해도 목록에 있는 빵은 나오지 않았다. 이걸 도대체 어떻게 처먹으라는 거야.

혼은 무의식적으로 빵이라고 써진 그림에 손을 가져갔다. 어쩌다 글자에 손을 갖다 댔는데, 또 요상한 창이 튀어나와 '꺼내시겠습니까?' 라고 물어본다.

엄마야, 깜짝 놀랐잖아.

이렇게 쉬운 거였다니. 지금까지 한 삽질은 대체 무엇을 위한 것이었는가. 갑자기 몰려오는 회의감에 혼은 고개를 숙였다.

혼은 '네' 라고 적힌 버튼을 눌렀다. 그러자 다른 가방들이 물건을 뿜어냈던 것처럼 빵이 툭 튀어나왔다.

대충 물건을 꺼내는 방법은 알았으니 급한 불은 끈 것이다.

난 빵 하나를 씹으며 남자의 텐트와 점퍼, 그리고 빵과 물을 가방 안에 넣었다. 빵의 개수가 꽤 되어서 그런지 목록이 제법 늘어났다.

목록

허름한 텐트 – 1

푸석푸석한 빵 – 12

물 500ml – 5

평범한 점퍼 – 1

기본 침낭 – 1

총량:20/100

빵이 12개로 늘어났고, 불도 많이 생겼으니 한동안 굶을 걱정은 없을 것 같다. 게다가 텐트에다가 점퍼까지 얻었으니 비가 오거나, 좀 날씨가 추워져도 얼어 죽지는 않으리라.

의식주 다 해결됐다. 혼은 남자를 흐뭇하게 쳐다봤다. 완전 복주머니네 이거.

혼은 시체들을 뒤로 하고 다시 미로를 걷기 시작했다.

이제 가장 큰 의문점인 점수에 대해 알아볼 차례다. 명령어로 먹을거리가 튀어나오는 세계이니, 점수도 다 쓰는 방법이 있지 않을까?

혼은 한참을 생각하다가 가장 그럴 듯한 것을 말했다.

"점수!"

역시 아무 일도 일어나지 않는다. 어차피 기대도 않았어.

혼은 고민을 하다가 다시 입을 열었다.

"점수 목록."

아까 창고에도 목록이 있지 않던가. 점수라는 요소가 쓸데없는 것이 아니라면 그것으로 뭘 할 수 있지 않을까라는 생각에서 외쳐본 것이었다.

그러자 눈앞에 창고를 열었을 때와 같은 목록이 나왔다. 한 가지 다른 점은 이건 끝도 없이 늘어진다는 것이다. 스크롤의 압박이 장난이 아니다.

목록은 크게 두 가지로 나뉘어 있었다. 하나는 상품이라 적혀있었고, 나머지 하나에는 각성이라고 적혀 있었다.

혼은 상품을 먼저 눌러보았다.

"음, 푸석푸석한 빵 1점, 물 500ml 1점, 허름한 텐트 5점, 엄청 많네."

위에는 음식들이 있었고, 밑에는 무기로 보이는 것들이 가득했다. 음식, 무기, 도구 등 카테고리로 정렬해 볼 수도 있었다. 혼은 무기 칸으로 들어가 맨 밑으로 한번 내려 보았다.

부정한 꼬챙이 - 3500점.

겨울 뿔 - 4000점.

이거 장난 아니네. 저거 하나 사려면 아까 그놈을 800명이나 죽여야 하는 거야? 저런 걸 산 사람은 있을까 과연.

위쪽 상품에는 그래도 먹음직스러워 보이는 음식들이 많았다. 전부 포인트가 높아서 그렇지 좀 여유가 되면 외식하는 기분으로 먹어도 될 거 같다.

그 중 가장 끌리는 건 이거다. 흑소 등심 - 30점.

흑우란다, 검은 소. 흑돼지는 먹어봤어도 흑우는 못 먹어 봤는데 뭔 맛일까.

혼은 저절로 흘러내리는 침을 삼키며 각성을 눌러보았다. 그러자 목록이 바뀌며 새로운 리스트가 나타났다.

1차 각성

1단계 - 100점, 2단계 - 500점, 3단계 - 5000점.

어이, 3단계 점수 너무 한거 아니야?

게다가 각성이라는 것은 1차만 있는 것이 아니었다. 그 아래로는 3개의 각성 점수가 쓰여 있다.

나는 일단 설명을 보았다.

– 1차 각성 –

신체적 각성 1단계 – 신체의 한 부분을 각성시킨다. 필요점수 100점.

굉장히 불친절한 설명이었다. 아니, 각성을 시키면 도대체 얼마나 강해지는 건데? 뭐 다리를 각성시키면 날아다닐 수라도 있나?

"쳇, 50점으로는 뭐 할게 없네."

가장 낮은 점수의 각성이라는 것도 100점이나 필요했다. 뭐 점수야 파란 원숭이들을 처리하면서 벌면 되지만 원한다고 나타나는 놈들이 아니었다.

생각난 김에 혼은 녀석들이 남기고 간 붉은 보석을 꺼내보았다. 이 모든 것들이 미로의 시스템이라면 붉은 보석도 분명히 어딘가 쓸데는 있을 것이다.

하지만 지금으로서는 알 길이 없다. 붉은 보석! 이라고 외치기에는 너무 바보 같아서 그만 두겠다.

그래도 살짝 외쳐볼까?

"붉은 보석! ……제길. 괜히 했네."

괜히 말했다.

그렇게 삼일이 지났다.

혼은 잠에서 깨 텐트 밖으로 기어 나왔다.

이름이 허름한 텐트라더니, 정말 이름에 충실한 물건이었다. 한기를 전혀 막지 못하기 때문에 밖에서 자는 거와 별반 차이가 없었고, 가느다란 폴은 바람이라도 불면 부러져버릴 것만 같았다.

그래도 침낭은 어느 정도 덮고 잘만했다. 개미가 바지 안을 기어 다니지 않는 게 어디냐.

잊고 있던 사소한 행복을 찾을 수 있는 곳이다. 지친 현대인들에게 놀러오라고 추천해줘야겠다.

혼은 텐트를 창고에 던져 넣었다. 이렇게 던져 넣으면 알아서 다음에 꺼낼 때도 완성된 상태로 튀어나오니 편했다.

밤새 천둥소리가 나더니 미로가 또 모습을 바꾼 것 같았다. 자기 전까지는 바로 앞에 갈림길이 뻗어있었는데, 지금은 그냥 막혀 있다.

혼은 조금만 앞에 가서 잘 걸이라고 생각하며 푸석푸석한 빵과 며칠 전에 점수로 구입(?)한 딸기 잼을 끼냈다. 푸석푸석한 빵을 그냥 먹기는 힘들었다. 딸기 잼은 고작 3점짜리였지만, 푸석푸석한 빵을 나름 먹을 만한 빵으로 바꿔주는 가성비 최고의 아이템이다.

참고로 먹을 만한 빵은 2점이다. 도대체 가격측정 기준이 뭔지를 모르겠다.

"누적 점수."

혼이 말하자 앞에 창이 떴다. 그곳에는 77점이라는 숫자가 나타났다.

요 며칠간 파란 원숭이들이 몇몇 덤볐다. 그걸 잡다보니 어느새 30점이 더 올라 77점이되었다. 지금까지의 경험으로 미루어 볼 때 이 파란 원숭이들은 굶어죽지 말라는 배려 같았다.

완전 사랑스러운 것들.

하지만 혼에게만 점수셔틀일 뿐 다른 사람들에게는 아닐 것이다. 그 녀석들에게 죽은 시체들이 산처럼 쌓여있기도 했다.

이 미로에는 혼 말고도 꽤 많은 지구인들이 있었다. 흑인, 백인, 황인 할 것 없이 넘어온 것 같지만 그들과 말을 나눠볼 수는 없었다. 전부 시체인 상태를 발견했으니까.

혼은 빵을 먹고 다시 발걸음을 옮겼다. 제대로 가고는 있는 건지, 아니면 빙글빙글 제자리에서 돌기만 하는 건지는 모르겠다만 움직이지 않으면 점수마저 벌수가 없다.

그나저나 오늘은 일진이 안 좋다. 한 3시간은 걸었는데 그 퍼런 원숭이도 안 나오고, 그렇다고 누군가를 만나는 것도 아니다. 그저 무료한 미로에서의 산책이 계속 되었다.

헤매다보니 슬슬 또 배가 고파졌다. 또 빵과 잼인가. 이렇게 지루할 때는 작은 사치를 부리는 것도 나쁘지는 않겠는데.

일단 점수 목록 좀 보자.

혼은 상품 목록에 들어가 10점 언저리로 음식을 골랐다. 어차피 원숭이 3마리 잡으면 다시 채울 수 있는 점수다. 어느 정도 점수가 쌓였으니 약간의 사치는 가능할 듯싶었다.

지금까지 완전 재산관리 잘했잖아? 노력한 나를 위해 이 정도는 해도 돼.

혼은 그렇게 속으로 말하며 8점짜리 닭죽을 골랐다. 한국인은 그래도 밥을 먹어야 힘이 나지. 며칠간 빵만 먹었더니 외국말이 절로 나올 것 같다.

"좋아. 그럼 닭죽으로 가자."

난 닭죽을 꾹 눌렀다.

"까악!"

그와 동시에 혼의 앞에 금발의 날라리 여자가 떨어졌다.

저게 닭죽은 아닐 것이다. 설마 영계라고 닭죽이라는 어이없는 말을 하지는 않겠지.

혼은 머리를 긁적이며 발밑을 보았다. 다행히도 그곳에는 따끈따끈하게 데워진 닭죽이 숟가락과 함께 돌솥에 담겨 있었다.

혼은 안심한 듯 한숨을 내쉬었다. 미로에서 닭죽이 여자를 뜻하는 것은 아니었나보다. 만약 여자였으면 쓸데없이 짐만 늘어나는 거니까.

혼은 숟가락으로 큼직하게 한 스푼 덜어 오랜만의 특별식을 음미했다. 조미료가 들어가긴 한 것 같았지만 어쨌거나 입에서 아주 살살 녹았다.

"저, 저기요."

여자가 혼에게 말을 걸었지만 혼은 아주 가볍게 무시해 주었다.

"저, 저기요! 안 들려요?"

혼은 슬쩍 눈을 들어 앞을 쳐다봤다. 하지만 그 와중에도 숟가락을 빨리 움직였다.

순식간에 닭죽을 비운 혼은 고개를 갸웃하며 여자를 쳐다봤다. 여자는 갈색 니트를 위에 걸치고 있음에도 추운지 한쪽 팔로 어깨를 잡고 바들바들 떨고 있었다.

"할 말 있나요?"

혼이 묻자 여자는 원망을 담은 눈빛을 보냈다. 금방이

라도 울 것 같은, 눈물을 머금은 황금색 눈동자가 굉장히
부담스러웠다.

혼은 뭔가 잘못한 게 있나 고개를 갸웃거렸다. 그러자
여자가 외쳤다.

"왜 무시하는 거예요! 진짜 안 들리는 줄 알고 겁먹었잖
아요."

여자는 코를 훌쩍이며 시선을 피했다. 혼은 여자의 말
은 듣지도 않고 외국인이 왜 이렇게 한국말을 잘하는가하
는 의문에 사로잡혀 있었다.

엄밀히 말하자면 여자는 외국인이라기보다는 혼혈인이
었다. 서양과 동양의 환성적인 조화라고 해야 할까. 보통
의 동양인보다는 밝은 피부색을 가지고 있었는데, 눈매나
전체적인 분위기는 동양의 것을 닮았다.

그렇다고 해도 한국인으로 보기에는 무리가 있었다. 저
번에 만난 남자는 동양인이어서 한국인이 당연하다고 생
각했지만.

일단 확실하게 해둬야 하니 물어는 봐야겠다.

"저기, 어느 나라 출신이세요?"

"이느 니라라니요? 호, 호주에서 태어났는데요."

"그런 거 치고는 한국말 잘하시네요."

"한국말이라뇨? 무슨 헛소리하는 거예요?"

한국말을 못한다고? 그럼 지금 들리는 이건 무엇이란

말인가.

"그쪽이야말로 영어가 유창하네요. 혹시 유학생이세요?"

혼은 입을 다물고 눈을 깜박였다. 그렇다면 저 여자에게는 자신의 말이 영어로 들린다는 얘기였다. 통역이나 번역 같은 게 아니다. 혼과 여자는 다른 말을 사용하고 있지만 또한 같은 말을 쓰고 있었다.

"음, 뭐 결과적으로는 다행이네요. 대화가 통해서."

혼이 뒤늦게 입을 열었을 때 여자는 넋을 놓고 벽을 둘러보고 있었다. 혼은 이해한다는 듯 고개를 끄덕였다. 처음 이곳에 도착하면 다 저런 반응을 보일 것이다. 이 벽은 너무나도 인위적이니까.

어쨌든 도망치려면 지금이 기회였다.

"그럼 즐거운 미로여행하세요."

혼은 이 여자에게 신경 쓸 시간이 없다. 짐 덩어리는 사절이라고. 그러나 여자는 급하게 움직여 놀라운 속도로 혼의 바지자락을 잡았다. 그러고는 떨리는 목소리로 말했다.

"그, 그렇게 가면 어떡해요."

"즐거운 미로여행을 하면 될 거 같은데요?"

혼은 이 짐 덩어리를 데리고 다닐 생각이 없다. 예쁜 여자라면 환장하는 남자들도 많지만, 지금 중요한 것은 이 여자가 완전히 생초보라는 것이다.

결론, 쓰레기는 애초에 줍지 않는 게 낫다. 주우면 계속 들고 다녀야 하니까.

"몰라요. 그래도 그냥 가면 어떡해요. 먹을 것도 없고, 잘 곳도 없다고요!"

여자는 그렇게 외치고는 엉엉 울기 시작했다. 그리고 그녀는 신세한탄이라도 하듯 푸념을 늘어놓기 시작했다.

"이게 뭐야? 이게 뭐냐고……. 겨우 의대 붙었는데. 공부만 죽어라 해서 붙었는데!"

뭐야? 의대 나왔어? 그렇다면 최소한 머리는 좋다는 이야기다.

혼은 곰곰이 생각했다. 이대로 두고 가버릴 경우 이 여자는 아무것도 할 수 없을 것이다. 최소한 생존이 가능하다는 것을 알려줘야 따라오지 않지 않을까.

"그럼, 일단 몇 가지 상식을 알려드릴게요."

혼은 씁쓸하게 웃었다. 그 상식을 몰라 며칠 동안 굶었었으니까.

"소환, 창고!"

여자는 뿅~하고 나타난 상자를 보며 눈을 크게 떴다. 그러고는 마치 마술사 보듯 혼을 쳐다보다가 어렵게 입을 열었다.

"이, 이게 뭐에요?"

"당신도 할 수 있어요. 해봐요."

"소, 소환, 창고!"

그러자 여자의 앞에도 비슷한 모양의 상자가 튀어나왔다. 여자는 흠칫 놀라며 한걸음 물러섰다가 흥미롭다는 듯 천천히 상자로 손을 뻗었다.

"호오, 근데 이 창고라는 게 뭔가요?"

"거기 목록을 보면 빵이랑 물이 있을 거예요. 그거 눌러보세요."

여자는 눈동자를 굴리며 목록을 찾다가 이내 손가락을 움직였다. 그러자 빵이 톡하고 튀어나왔다. 여자는 히익! 하고 소리를 지르며 날아오는 빵을 받았다.

"자, 그걸 먹으면 됩니다. 다시 넣을 때는 그냥 상자에 던져 넣으면 됩니다."

"그, 그럼 해볼게요."

여자는 빵을 도로 던져 넣었다. 그제야 뭔가 익숙해졌는지 흥미롭다는 얼굴로 혼에게 물었다.

"없애려면 어떻게 해요?"

"소환 해제. 라고 말하면 됩니다."

혼의 창고는 이미 사라진 뒤였다. 여자가 따라 말하자 여자의 창고도 사라졌다.

"엄청나네요!"

여자는 갑자기 흥분해서 외쳤다. 혼도 창고라는 것이

상식적으로 말이 안 되는, 엄청난 것이라는 것쯤을 알고 있다. 그런데 다 죽어가던 여자가 뭐가 이렇게 신났어?

"음, 이건 다른 차원으로 웜홀을 뚫는 건가? 그렇다면 엄청난 에너지가 필요할 텐데. 아니지, 물질이 보존된다는 것부터 말이 안 되잖아? 신기하네요."

쓸데없는 말이 너무 많다. 혼은 더 이상 여자의 말을 듣지 않고 딴청을 피웠다.

"아, 맞아. 감사합니다. 이런 것도 알려주시고."

"뭐 그렇다고 같이 다닐 건 아니니까."

혼은 매정하게 일어났다. 더 이상 말을 섞으면 정말로 정들어 버릴 거 같다. 이래서 예쁜 여자는 조심해야 한다고 킬러수업에서도 말했다. 아무리 외모를 안 보더라도 인간인 이상 예쁜 사람과 더 빨리 정드는 건 어쩔 수 없다.

"자, 잠깐만요!"

여자는 혼의 소맷자락을 잡았다.

혼은 사극의 중전들처럼 놓아라! 하면서 매몰차게 대하고 떠날 생각이었지만 여자의 말이 더 빨랐다.

"빨래든, 밥이든, 다 할게요. 그러니까 적응 될 때까지만 같이 다니면 안 될까요? 네? 제발요."

여자는 싹싹 빌며 말했다. 확실히 똑똑한 여자였다. 때로는 눈에 보이는 무력보다 눈에 보이지 않는 지력이 더

빛을 발하는 때도 있게 마련이다. 이용할 방법이 없을까 생각해보던 혼은 킬러 특유의 가면을 쓰고 순진한 남자를 연기했다.

"그럼 이제부터 말은 놓을게. 나는 혼이야. 그쪽은?"

"전 제시라고 해요."

제시는 안도했는지 깊은 숨을 내쉬고는 방긋 웃었다.

혼은 통성명을 한 뒤 무심하게 일어나 앞으로 걸어갔다. 제시는 그런 혼의 뒤를 종종 걸음으로 따라오다 심심해졌는지 입을 열었다.

"저, 그런데 혼씨는 저쪽 세계에서 뭐하고 사셨어요? 학생?"

"음, 모두가 동경하고, 또 환상을 가지고 있지만 실제로는 더러운 일이라고 할까. 그런 거."

"배우요?"

"비슷하지."

가끔 연기한다는 점에서는 비슷하니까 그렇다고 말해두자.

"그래도 혼 씨를 만나 다행인거 같아요. 나쁜 남자들 만나거나 하면 어우, 생각만 해도 끔찍하네요. 고마워요."

제시는 방긋방긋 웃으며 혼을 쫄래쫄래 따라왔다.

나쁜 남자라. 아마 혼은 나쁜 남자 순위로 치면 상위 0.0001% 안에 들지 않을까. 돈을 받고 남의 가정을 파탄

냈고, 타인의 살아갈 권리를 산산조각 내던 것이 나다. 그런 혼에게 제시는 고맙다고 말하고 있었다.

이런 진정성이 담긴 고맙다는 말을 들은 게 얼마만이더라. 에, 한 번도 못 들었나?

"저 근데 혼씨는 여자친구……."

퍽.

제시의 말이 끝나기도 전에 허무한 타격음이 들렸다. 그와 동시에 무언가 철썩 하고 쏟아져 혼의 등을 따뜻하게 덮었다.

혼은 다리에서부터 머리끝까지 올라오는 소름을 느끼며 천천히 뒤를 돌았다. 악의라고는 찾아볼 수 없는 아주 순수한 살기. 이것은 인간이 내뿜을 수 있는 것이 아니었다.

"제시?"

"아……."

혼은 제시를 올려보았다. 분홍색의 촉수가 그녀의 배를 뚫고 나와 그녀를 공중으로 들어 올리고 있었다.

뚫린 배에서 흘러나온 피는 이미 치사량을 넘어섰다. 제시는 아직도 눈을 감지 못하고 입에서 피를 흘리며 혼을 쳐다봤다. 그 얼굴에는 원망도, 희망도 없었다. 그저, 지금 무슨 일이 일어 난건지 이해할 수 없다는 멍한 얼굴.

혼은 뒷목을 만지며 그 모습을 그저 바라볼 수밖에 없었다.

"왜……."

제시의 말이 혼에게로 전달되기도 전에 촉수는 그녀를 끌고 갔다.

촉수를 따라 시선을 움직여보니 큰 꽃과 같은 괴 생명체가 우걱우걱 제시를 먹고 있다.

혼은 제시를 애도했다. 만난 지 얼마 되지는 않지만 이름까지 나눴던 사람이다. 같이 행동해도 되냐며 조르던 제시의 목소리가 아직 귀에서 떠나지도 않은 시간이다.

혼은 제시를 먹은 괴 생명체를 노려봤다.

제시의 복수? 복수라는 것은 소중한 것을 앗아간 것에게나 하는 행위였다. 혼에게 제시는 그저 몇 분 대화를 나눴을 뿐, 전혀 소중한 것이 아니었다.

그럼에도 혼은 녀석을 죽일 생각이다.

이유는 단순하다. 혼은 자신의 생각과 다르게 상황이 어긋난 것에 분노하고 있었다. 장난감을 빼앗긴 아이처럼 아주 순수한 분노였다.

녀석은 6개의 거미의 다리와도 같은, 그러나 훨씬 더 두꺼운 다리를 팔딱팔딱 움직이며 혼에게 오고 있었다. 그 다리 위로는 꽃과 같은 몸통이 붙어 있었는데 사방에 눈이 덕지덕지 붙어 있다.

라플레시아 진화버전인가? 어이~ 누가 라플레시아를

거미랑 교배시켰냐. 재주도 좋네.

"점수 목록."

혼은 당장 상품으로 들어가 무기 쪽으로 스크롤을 내렸다. 녀석의 촉수는 이미 혼을 목표로 하고 뻗어나갈 준비를 하고 있었다.

혼은 재빠르게 날카로운 장검 50점짜리를 눌러 구매했다. 단검으로 싸울 수 있는 상대가 아니었다.

혼이 손가락으로 '네'를 누르자마자 공중에 장검이 짠하고 나타났다.

그와 동시에 녀석의 촉수가 혼에게 날아왔다. 촉수는 빠르고, 무거웠지만, 혼은 손쉽게 피한 뒤 그것들을 반 토막 냈다.

"키에엑!"

촉수에도 신경이 있는지 녀석이 비명을 질렀다. 혼은 촉수의 방어를 요리조리 피해가며 녀석의 바로 앞까지 달려들었다.

이런 녀석을 상대할 때는 다리를 자르는 것이 좋다. 한 쪽이라도 자르면 움직일 때 무게중심이 잡히지 않아 쓰러지기 마련이다.

혼은 망설임 없이 녀석의 다리를 베었다. 초록색의 끈적끈적한 액체가 터져 나오면서 녀석은 중심을 잃고 쓰러졌다.

쿵, 하는 소리가 다 울려 퍼지기 전에 혼은 녀석의 다리를 하나 더 자르고, 촉수가 시작되는 지점을 전부 제거했다.

인간으로 치면 사지를 전부다 자른 것이다. 이렇게 생긴 생명체의 급소란 안 찾느니만 못하기 때문에 일단 전투력을 없애는 편이 낫다.

녀석은 연속해서 비명을 지르다가 이내 잠잠해졌다. 혼은 녀석의 남은 다리를 전부 자르고 장검을 털어냈다.

"뭘 봐?"

녀석은 눈동자를 열심히 굴러가며 혼을 쳐다봤다. 혼은 그것을 하나하나 전부 베어 주었다.

"아, 이렇게 해놓고 보니까 좀 꽃 같네."

다리와 촉수가 잘려 몸통만 남은 녀석은 연꽃처럼 조용하게 서 있었다. 혼은 잠시 그 모습을 감상하다가 다시 칼을 들었다.

싸움은 상대방이 죽을 때까지 끝난 것이 아니다.

그렇게 일방적인 도륙 후, 혼의 몸은 초록색과 붉은 색으로 뒤덮여 있었다. 녀석은 이윽고 꽃잎과도 같은 부분을 발랑 뒤집어 깠다. 그리고 파란 원숭이들처럼 먼지가 되어 사라졌다. 덕분에 혼의 몸에 묻어 있던 초록 액체 또한 먼지처럼 사라진다.

띠링.

-40점 획득. 누적점수 59점.-

장검을 산 점수도 주지 않았다. 그래도 파란 원숭이의 10배가 넘는 점수였다. 점수에 어울리는 강함을 가지고 있는 녀석이었다.

녀석이 사라진 자리에는 배가 뚫려 죽은 제시의 시체만 이 남아있었다. 그녀의 위에는 상자가 떠 있었고, 괴물이 사라지자 빵과 물을 뿜어냈다.

"참나, 고작 이거 뿜어내려고 기다리고 있던 거야?"

혼은 중지와 검지를 합친 크기의 보석과 빵을 하나 집 어 들었다. 제시는 말없이 그저 누워 있을 뿐이다.

죽음은 누구에게나 공평하다. 과정이 다를 뿐, 죽고 나 면 다들 같은 상태가 된다는 것이지. 괴롭게 죽었든, 억울 하게 죽었든, 행복하게 죽었든, 이 세계에 그들이 관여하 는 일은 있을 수 없다.

"대화 상대 되어 줘서 고마웠다. 잘 먹으마."

혼은 빵을 입에 물고 뒤를 돌아 걸어갔다. 빵의 맛이 원 래 이렇게 썼던가? 망할, 다음부터는 이 푸석푸석한 빵 말 고 다른 것 좀 먹어야겠다.

그래, 오늘 머었던 닭죽   . 이니, 닭죽은 잎으로 녀시 말자.

"더럽게 맛없네. 이거."

그렇게 혼의 외로운 미로여행은 계속되었다.

NEO MODERN FANTASY STORY & ADVANTURE

메이즈
헌터

2

Maze Hunter

2

늦은 밤.

미로는 달빛 때문에 마치 낮처럼 환했다. 혼은 미로 한복판에 텐트를 친 뒤 침낭에 들어앉아 쇼핑을 하는 중이었다.

혼은 지금 심각한 고민에 빠져 있었다.

닭죽이 8점인데 파스타는 왜 10점일까?

이게 바로 레이시즘? 도대체 파스타가 닭죽보다 잘난 게 뭐냐! 어떤 놈이 하는 관리를 하는 선시 가격이 시 맘대로야, 지 맘대로.

미로에 도착한지 10일 째. 만만한 파란 원숭이들 덕분에 혼의 점수는 세 자리의 고지를 넘어 112점이 되어 있었다. 1차 각성에 필요한 점수는 모은 셈이지만, 지금 점수를 다 써버렸다가 퍼런 원숭이들이 안 나오면 낭패인지라 아끼는 중이었다.

그래, 저녁은 든든하게 먹어야지. 파스타 나와라 얍!

하루 벌어 하루를 먹는 삶은 대한민국이나 다름이 없구면 그려. 뭐, 사람 사는 세상이 다 거기서 거기라는 거지.

따뜻하게 데워진 파스타를 막 입에 넣으려는 때였다. 멀리서 다수의 발걸음 소리가 들려왔다. 발소리가 무겁고, 숫자는 3명이다. 금속성이 섞여있는 걸로 보아 무장을 한 듯싶다.

무장을 하는 이족보행 생명체라.

이건 인간이다.

혼은 급히 일어나 텐트를 상자에 던져 넣었다. 텐트 안에는 먹다 남긴 파스타도 남아있었으나, 이렇게 넣으면 알아서 정리를 해준다. 귀차니즘이 찾아낸 놀라운 발견이다.

혼은 자리를 잡고 인간들을 기다렸다. 그들이 호전적이라면 죽여서 물건을 뺐으면 되고, 아니라면 같이 행동하며 이 미로에 대해 더 알아볼 생각이었다.

벽에 기대어 기다리자 예상대로 3인조의 일행이 나타났다.

녀석들은 마치 중세시대의 도적들처럼 무장을 하고 있었다. 남자 둘은 튼튼하게 만들어진 가죽갑옷을 입고 허리춤에는 메이스를 달고 있었다. 거기에 왼손의 방패까지. 게임으로 치면 탱커를 닮았다고나 할까.

일행 중 홍일점인 여자는 짧은 단발머리에 활과 화살을 등에 매고 있었다. 탱커 둘과 궁수. 전형적인 파티다.

혼은 녀석들의 행동이나 신체조건을 자세하게 살폈다.

아무래도 맨 앞에서 주절주절 떠들며 오는 수염 난 덩치가 대장인 듯싶었다. 레슬러처럼 묵직한 놈이었다. 그리고 그 옆에서 물을 마시고 있는 주걱턱 녀석은 키가 크고 날렵해 보였다.

혼은 남자들은 쉽게 처리가 될 것이라 생각했다. 저렇게 무겁고 둔한 방패로는 혼의 속도를 따라갈 수 없기 때문이다.

게다가 활은 숙련도가 없으면 쓸 수 없는 무기일뿐더러, 이런 소수의 싸움에서는 아무런 도움이 되지 않는다.

"어, 저기."

활샵이 머사가 혼을 먼저 말견하고는 입을 열었다. 혼은 기다렸다는 듯 그들을 바라보며 최대한 친근한 표정을 지었다.

친근하게, 친근하게.

이왕이면 안 싸우고 친하게 지내는 게 더 좋지 않은가. 나는 인간백정이 아니라고.

"사람이다! 여기도 사람이 있군요."

혼은 호들갑을 떨며 녀석들에게로 다가갔다. 그들은 잠깐 경계하는 듯싶더니, 혼의 순진무구한 표정을 보고는 안심했다는 듯 표정을 바꾸었다.

혼은 최대한 아무것도 모르는 사람을 연기했다. 약하게 보여야 할 필요가 있었다. 내 실력은 쓸데없이 경계심만 살 테니까.

게다가 저 여자. 여자가 섞인 혼성 그룹은 수컷들의 경쟁이 생기기 마련이다. 활을 든 여자는 꽤 미인인 편이어서 흔한 스토리가 예상되었다.

"뭐야? 스타터였어? 난 또 싸움 거는 줄 알았네."

"스타터라뇨?"

대충 이제 막 미로에 도착한 사람, 뭐 그런 뜻이겠지만 일단 모르는 척 물어본다. 그러자 거구의 남자가 친절하게 답을 해주었다.

"이제 막 이 미로에 도착한 녀석들은 스타터라고 하지. 뭐 우리끼리 쓰는 은어니까."

"그렇군요. 맞아요. 갑자기 눈을 떴더니 이곳이라."

혼은 주위를 둘러보며 불안에 떨었다. 킬러의 기본적인 소양에 연기가 들어간다. 혼은 현재 영혼을 불사르는 메소드 연기를 보이고 있었다.

"배도 고프고. 여기 먹을 건 있나요?"

혼이 말하자 여자는 쓸쓸한 미소를 지었다. 마치 동정이라도 하는 듯 그녀는 창고를 불러내더니 잼이 발라져 있는 샌드위치를 꺼냈다.

"일단 이거 좀 드세요."

"가, 감사합니다. 그, 그건 뭔가요?"

혼은 창고를 보며 놀라는 표정을 지었다. 이제 창고에 대한 설명이 나올 것이다. 안 그래도 먹던 중에 끊고 나왔던 참이라 잘됐다.

싱싱한 빵에 잼이 발라져 있는 샌드위치는 3점짜리였다.

3점은 결코 작은 점수가 아니다. 파란 놈을 하나 잡아야 나오는 점수였으니까. 혼은 그런 큰 점수를 선뜻 내미는 여자를 보며 이용해 먹을 수 있겠다고 생각했다.

"뭘 그런 것까지 줘? 저 놈도 처음이면 푸석푸석한 건 있을 거 아니야?"

키가 큰 남자가 신경질을 부렸다. 생긴 것과 마찬가지로 까칠한 놈이었다. 녀석은 앞으로 튀어나온 수석턱을 내밀며 나에게 말했다.

"이봐. 여기는 지 앞가림은 지가 알아서 해야 한다고. 어? 알았으면 빌붙지 말고 꺼져."

"죄, 죄송합니다."

혼은 최대한 겁을 먹은 연기를 했다. 동정표를 얻어내
는 작전이었다. 괜한 싸움은 피하고 싶다. 뭐 두 놈을 죽
이고 여자를 고문해서 정보를 알아낼 수도 있지만, 고문
이라는 것도 쉬운 것은 아니다.

"그만 둬. 엔디. 우리 처음 왔을 때 기억 안 나?"

여자가 날카롭게 쏘아붙였다.

"뭐야? 왜 그래? 이 칭총 데리고 다니기라도 할 거
야?"

칭총이라면 중국인들을 비하하는 말이다. 아무래도 엔
디는 인종차별주의자였던 것 같다. 기분이 더러워졌다.
혼은 중국인은 아니지만, 사실 칭총이라는 것은 전 아시
아인을 비하하는 말이나 다름이 없으니까.

"엔디, 말 조심해."

거구가 사납게 노려보자 엔디라는 놈은 시선을 피하며
입을 삐죽 내밀었다.

"미안하다. 원래 입이 좀 거친 놈이라."

"괜찮습니다. 뭐 제가 빌붙은 건 사실이고."

"하하, 스타터라면 빌붙는 것도 능력이야. 내 이름은 조
다. 이쪽은 에밀리아."

"반가워."

에밀리아라고 말한 여자는 손을 흔들며 웃어보였다.

혼은 두 개념 있는 남녀를 보며 만족했다. 세 명이나 모이면 한명 정도 병신이 있어도 이상할 것이 없으니까. 혼은 엔디를 무시하고 말했다.

"그런데 여긴 어떤 곳이죠?"

"우리도 자세한 것은 모른다. 다만 지구와는 완전히 다른 곳이지. 아까 봤지? 그 상자. 그게 배낭인 것 같다. 너도 쓸 수 있을 거야."

"어, 어떻게 씁니까?"

"소환 창고! 이렇게 외치면 된다."

조는 자신의 창고를 불러냈다가 바로 없애며 턱으로 혼을 가리켰다. 혼은 최대한 당황해하는 연기를 하며 말했다.

"소, 소환 창고!"

그 뒤 혼은 놀라는 연기를 했다.

"우와!"

혼 또한 창고를 처음 봤을 때는 진짜 놀랐으니 그 감정을 다시 한 번 떠올리면 되는 것이었다.

그렇게 창고라던가, 점수로 물건을 사는 방법이라던가, 이미 아는 기본적인 것들의 설명이 끝났다. 혼은 기다렸다는 듯이 바로 본론을 말했다.

"저……, 괜찮으시면 같이 다녀도 될까요? 아무래도 처음이다 보니."

그 말을 듣고 조와 에밀리아는 서로 속닥거렸다.

그들은 혼의 질문에 어떻게 답해야 할지 고민하는 것 같았다. 하지만 혼은 걱정하지 않았다. 혼은 완전히 초보자. 두고 간다는 것은 간접살인이나 마찬가지였다. 혼은 그들의 상냥함에 도박을 건 것이다.

"좋아. 그쪽 이름은 뭐지?"

"혼이라고 합니다."

"혼, 발음하기는 좋구먼. 그래, 원한다면 같이 가자. 대신 중간에 퍼지기 없기다."

"물론입니다. 감사합니다!"

"진짜? 이 칭총놈을 그냥 데리고 간다고?"

엔디는 믿을 수 없다는 듯 말하며 머리를 긁적였다. 아시아인과 동행한다는 게 불만인 모양이었다.

"조, 이런 짐짝을 데리고 다녀서 어쩌자는 거야? 청괴는 3점이라고. 나눠먹으면 1점밖에 안주잖아. 그걸 네 등분하다가는 입에 풀칠도 제대로 못할 수도 있어."

엔디의 주장은 타당했다.

청괴는 파란 원숭이를 뜻했다.

청괴는 3점을 준다. 혼은 지금까지 혼자 잡아 3점을 얻었지만 여럿이서 잡으면 점수를 나눠가졌다.

조는 어쩔 수 없다는 듯 말했다.

"그렇다고 두고 가? 혼자 있다 청괴한테 걸리면 죽잖아."

"뭐 우리가 죽이나? 어차피 매일 같이 수십 명은 죽어 자빠지는데?"

"그만 둬 엔디. 데리고 간다."

에밀리아의 말에 엔디는 퉤하고 침을 뱉었다.

"내 점수는 안 쓸 거야. 알아서들 하셔."

혼은 어색하게 웃으며 엔디를 쳐다봤다. 사람 앞에서 저 정도로 말하는 걸 보면 어지간히 꼬인 놈이 아닌 거 같다.

"신경 쓰지 마. 여기 와서 신경이 날카로워져서 그래."

에밀리아는 혼의 어깨에 손을 올리며 위로의 말을 건넸다. 그렇게 알행에 합류한 혼은 자신에게 가장 호의적인 에밀리아 옆에 딱 붙었다.

묵묵한 조와는 달리 에밀리아는 말이 많았다. 그걸 다 들어주고 대꾸해 준 덕분에 목이 탔지만, 스타터를 연기하고 있는지라 혼이 사용할 수 있는 물은 한 통 밖에 없었다.

"에밀리아씨는 어느 나라 사람이신가요?"

"나? 나는 영국이야. 저게 엔디랑 조도 전부 영국. 우리 셋이 크루즈 타고 놀러갔다가 전복되었거든. 그리고 눈 떠보니까 여기인거지."

크루즈가 전복되었다면 사망했을 확률도 있었다. 그렇다면 이곳은 죽은 자들이 오는 저승 같은 곳인가? 하지만 혼은 분명 잠을 자다 이곳에 떨어졌다. 어쩌면 그들은 원래의 세계에서 의식불명의 상태일지도 모른다.

어쨌거나 미궁의 생존에만 국한하자면 혼이 알고 싶은 정보 중 1순위는 바로 이 붉은 보석에 관한 것이다. 미로에 막 도착한 혼이 보석 얘기를 꺼내는 것도 말이 안 되니 일단 때를 기다려야했다. 어차피 곧 있으면 청괴가 나올 것이고, 그렇게 되면 자연스럽게 보석의 활용법을 알아볼 수 있다.

그렇게 한참, 마침내 앞에서 가고 있던 조가 외쳤다.

"청괴다, 전투준비!"

조는 메이스와 방패를 꺼내들었다. 엔디도 빠르게 전투태세를 갖추었고, 에밀리아는 꽤 능숙하게 활을 꺼내 시위를 당겼다.

"2마리다. 나와 엔디가 시간을 끌고 에밀리아가 처리한다."

엔디와 조는 각자 한 마리씩 붙어 혈투를 벌였다. 청괴들은 긴 팔을 이용해 엔디와 조의 방패를 사정없이 후려쳤다. 혼은 놀라움에 감탄사를 뱉었다. 청괴라는 녀석들이 저렇게 잘 싸우는지 혼은 오늘 처음 알았다. 항상 단칼에 죽여서 몰랐는데 말이다.

조와 엔디는 방어 일변도로 전투를 벌이고 있었다.

저 상태로 싸우다가는 곧 죽을 것 같았다. 역습이라는

것도 어느 정도 실력이 있을 때나 통할 텐데.

"조! 머리."

에밀리아가 외쳤다. 조는 그 소리를 듣자마자 고개를 푹 숙이며 주저앉았다. 에밀리아의 손에서 날아간 화살은 정확히 청괴의 눈에 꽂혔다.

"꿰에엑!"

청괴는 눈을 부여잡고 괴로워했다. 조는 바로 일어나 역습의 기회를 살렸다.

"죽어 이 개새끼야!"

조의 메이스가 청괴의 머리를 박살냈다. 빠직! 하는 소리가 살벌하게 울려 퍼진다.

혼은 호오~하고 육성으로 말했다. 아무리 메이스라고 해도 저 정도로 머리를 박살내려면 꽤 힘이 필요한데 말이다.

그때 엔디가 다급하게 외쳤다.

"에밀리아! 내 쪽 먼저 해줬어야지!"

"기다려, 엔디."

엔디는 여전히 얻어맞고 있었다. 뭐 방패에 몸을 숨기고 있어 직접적으로 얻어맞는 것은 아니지만 말이다.

조는 거친 호흡을 가다듬은 뒤 엔디를 도와주러 향했다. 에밀리아의 화살이 청괴의 어깨에 꽂히자 엔디와 조는 순식간에 청괴를 두드려 패 죽였다.

"더럽게 힘드네."

엔디는 짜증을 내며 메이스를 집어 던졌다. 이윽고 청괴들이 전부 사라지고 손가락 한 마디만한 보석이 튀어나왔다.

혼은 기다렸다는 듯이 조쪽으로 뛰어갔다.

"괜찮아요? 대단하시네요."

"이 정도야 뭐. 아무렇지 않아."

일단 안부를 물은 혼은 본론으로 들어갔다.

"저건 뭔가요?"

"아~ 혈석 말이군요."

조는 붉은 보석을 집어 들고는 말했다. 붉은 보석을 왜 혈석이라고 부르는 건지, 모두가 사용하는 용어인지 아니면 이들이 만든 건지는 모르겠으나 이들은 혼의 생각보다 많은 걸 알고 있는 것 같았다.

"그게 혈석이라는 겁니까?"

"어, 이거 굉장히 유용해. 봐라."

조는 그렇게 말하고는 혈석을 입에 넣었다.

혼은 침을 삼키며 조의 행동을 바라봤다. 아무리 보석처럼 생겨도 청괴의 몸에서 나온 거 아니던가. 저렇게 막 먹어도 되는 것인가.

혼은 일단 조의 상태를 지켜보았다. 혈석을 먹고 얼마 지나지 않아 지쳐 헐떡거리고 있던 조의 얼굴이 펴졌다.

"봐, 이게 원기회복에는 아주 직방이라니까."

"대박! 엄청난데요?"

고개를 돌려보니 엔디도 먹고 있었다. 한마디로 혈석은 일종의 포션과 같은 존재였다. 먹자마자 체력이 차는 그런 물건.

혼은 상상할 수 있는 최고의 호들갑을 떨었다. 보통 남자라는 생물은 단순해서 칭찬을 해주면 자기가 아는 걸 전부 털어낸다.

"보통은 한 마리만 나오는데 이번에는 두 마리가 나와서 강화는 못하겠네."

"강화라뇨?"

혼은 이 흐름을 타고 아주 자연스럽게 질문했다.

"아~, 이 혈석을 무기에 넣으면 무기가 더 강해지거든. 여가 메이스 끝에 구멍 보여?"

실제로 메이스 끝에는 날개처럼 생긴 장식과 함께 작은 구멍이 하나 나 있었다.

"여기다가 혈석을 넣으면 무기가 강화가 돼."

"오, 완전 대단하시다. 그런 걸 다 어떻게 아셨어요?"

흐름이 좋다. 혼은 이 상태로 가진 정보를 전부 끌어내기로 했다.

조는 창고를 불러내더니 책을 하나 꺼냈다. 거기에는 라비린스 기초 상식이라고 적혀 있다.

이런 책도 있었어?

혼은 몰래 상품목록을 불러내 스크롤을 열심히 내렸다.

'ㄹ'로 시작하는 것들이 나오고 그 가운데에는 라비린스 기초 상식이라고 적힌 책이 30점이라는 가격을 달고 절찬리에 판매 중이었다.

혼은 더러운 미궁상점의 서비스에 욕을 하고 있었다. 이런 건 추천 목록으로 만들어야 하는 거 아닌가. 이런 게 있는 줄 알았으면 이 팔자에도 없는 메소드 연기는 안했을 거 아니냐.

게다가 이 30점은 뭔가. 메뉴얼이 유료라니! 대한민국 과자회사보다 더한 놈들이었다.

"혈석이 좋기는 하지만 일단 무기와 방패를 사는 게 좋아. 청괴건 인간이건 죽여야 점수가 벌리니까."

"선생님이야? 뭘 다 가르치고 있어?"

체력이 회복된 엔디가 투덜거리며 다가왔다.

"이렇게 잡아봤자 셋이 합쳐 6점이야. 이 녀석한테 포인트는 안 간 거 같지만 어차피 우리가 먹여 살려야 하는 거 아니야. 망할."

엔디는 혼을 아니꼽게 쳐다보았다.

"야, 식충이 새끼. 뭐라도 하지 않으면 밥 없으니까 그렇게 알아라."

에밀라아와 조는 엔디의 행동이 마음에 안든지 고개를 절래 흔들고 있었지만 대꾸는 하지 않았다.

엔디가 하는 말은 지극히 옳다.

혼 또한 고작 6점을 죽을 둥 살 둥 하면서 번 그룹인 줄 알았다면 에밀리아가 건넨 3점짜리 빵을 먹지 않았을 것이다. 예전에 혼이 싸웠던 그 이상한 꽃이 나온다면? 당연하게도 이들은 전멸할 것이다. 그건 C급 호러영화의 결말처럼 뻔했다.

죽음이라는 극심한 스트레스를 이들은 눈앞에 두고 있는 것이다.

"대체 아시아인들은 지들 혼자 하는 게 없어. 더러운 새끼들. 좆같은 지들 나라 놔두고 괜히 우리나라 와서 오염이나 시키고 말이야. 냄새는 또 얼마나 더럽게 나는데. 야, 너 그냥 좀 사라져라. 이거 보고도 빌붙고 싶냐? 우리도 힘들다고."

"야! 엔디. 너 자꾸."

"내가 무슨 틀린 말 했어? 왜? 계속 먹여주게? 그런 어정쩡한 생각 가지고 있다간 너 먼저 죽을 걸?"

에밀리아는 입을 꾹 다물었다. 혼 또한 엔디의 말에 공감했다. 에밀리아는 너무 착한 게 탈이다. 조금은 사람을 의심하고, 이기적일 필요가 있는 곳이 이곳 미궁이다.

이 세계에서, 아니 이 세계뿐만이 아니라 어디든 살아가는 데에 가장 쓸데없는 것이 바로 남을 생각하는 배려다.

혼은 슬슬 연기를 그만 둘 생각이었다. 원하는 정보는 전부 얻었다. 아니, 원하는 정보 이상의 수확이 있었다. 아마 힘으로 물어봤으면 저 책에 대해서는 말을 안했을 것이다 혼은 만족한 표정으로 말했다.

"그럼 내 포인트는 내가 벌지."

메소드 연기는 끝났다. 혼은 말투를 원래대로 돌렸다.

혼은 이제 이들과 같이 행동할 필요가 없었다. 필요한 정보는 전부 얻었고, 먹튀를 할 생각은 없었으니 이들에게 조금의 대가만 지불하고 갈 생각이었다.

혼의 말에 에밀리아와 조, 그리고 엔디의 시선이 모였다.

"음, 일단 나도 그 상식이라는 걸 알아야겠네."

혼은 상품 목록을 불러내 '라비린스 기초 상식'을 구입했다. 그러자 책이 짠하고 나타나 혼의 손에 떨어졌다.

그 광경을 본 세 사람은 할 말을 잃어버린 듯싶다. 라비린스 기초 상식은 30점짜리, 초보자가 살 수 있는 것이 아니었다.

혼은 그들의 시선을 칭찬으로 받아들였다. 연기가 그만큼 완벽했다는 뜻이니까.

"허 참. 뭐야? 우리 당한 거야? 저 망할 칭총한테."

엔디가 가장 먼저 입을 열었다. 혼은 그에게 나지막이 말했다.

"어이, 코쟁이. 두 가지만 말하지. 일단 난 중국인이 아니야. 그리고 한 번이라도 더 인종차별 발언을 하면 공짜로 양악수술을 해주지. 알아들었나?"

"뭐라고 이 자식아!"

"엔디 조용히 해라. 이게 무슨 일이지. 혼?"

조는 침착함을 유지하며 말했다. 처음과는 다른 적의가 섞여 있었다. 아무래도 속았다는 것에 화가 난 듯싶었다. 혼은 조에게는 상냥하게 말했다.

"내가 아직 미로에 대해서 모르는 게 많아서 연기 좀 했어. 속여서 미안하다."

"왜 그냥 물어보지 않았지? 기분이 좋진 않군."

조는 대놓고 생각한 바를 말했다. 혼은 미소를 지었다.

"나는 가장 원만한 선택지를 골랐을 뿐이야. 내가 약해 보여야 정보를 얻어내던, 방심시키던 했을 테니까. 그뿐일 뿐, 다른 의미는 없어."

"그렇군."

조는 이해했다는 듯이 말했다. 혼은 싱긋 웃어보이고는 에밀리아에게 말했다.

"아참, 아침은 잘 먹었어. 이번 에밀리아 점심은 내가 사지. 어때? 그걸로 퉁치는 게."

"몇 점이나 있지?"

착한 에밀리아마저 경계를 하며 말했다.

이곳에서 점수라는 것은 강함의 기준이 된다. 당장에 각성이라는 시스템부터, 비싼 무기까지. 점수가 많으면 한 없이 강해질 수 있는 것이다.

실제로 이 세 명은 수많은 죽을 고비를 넘기며 300점에 가까운 점수를 벌었다. 그것으로 무기와 갑옷을 맞추고, 식량을 구입한 것이다. 이들은 이 미로에서 홀로 살아남는 것이 얼마나 힘든 것인지 안다. 그리고 혼은 그 힘든 미로에서 홀로 포인트를 벌며 살아가는 이레귤러. 당연하게 경계를 해야 했다.

"에이, 방금 써서 고작 70점정도 밖에 안 남았어."

혼은 너스레를 떨며 말했다. 그러자 조와 에밀리아, 엔디는 같이 뭉쳐 다음 질문을 했다.

"각성은?"

"각성? 안 했는데."

혼의 말을 들은 에밀리아는 그나마 안도의 한숨을 쉬었다. 혼은 살짝 자존심이 상했다. 각성이라는 것이 얼마나 대단한지는 몰라도 혼은 이들이 3명이서 겨우 잡은 청괴를 혼자서도 쉽게 잡는 강자였다.

"그래서 이제 어쩔 생각이지? 필요한 정보는 다 얻었으니 우릴 죽일 건가?"

조는 방패와 메이스를 들어 올리며 말했다.

혼은 고개를 절레절레 흔들었다.

"아니, 아니. 나도 은혜는 안다고. 너희들을 죽여야 할 만큼 급하지도 않고. 뭐 괜찮다면 조금은 더 같이 돌아다닐 수도 있어. 받은 정보와 호의를 갚아주지."

"그거 참 다행이군."

조는 불신의 표정을 지었지만 어쨌든 약간은 경계를 풀었다.

"아, 인종차별도 갚아줄 생각이야."

"뭐 이 자식아! 해 봐! 아주 아작을 내줄테니까."

엔디는 화를 내며 외쳤지만 그의 떨리는 목소리에서 불안을 느낄 수 있었다. 혼은 녀석에게 말했다.

"음, 그래. 일단은 꿇어. 무릎 꿇고 빌면 살려줄게."

"이 개새끼가 뭐라고 하는 거야."

엔디는 이를 악물고 외쳤다.

"무릎을 꿇을 필요까진 없지 않을까. 미안하다. 우리가 그만큼 여유가 없었다. 나도 사과를 할 테니, 무릎을 꿇는 건 봐 다오. 엔디 너도 사과해라."

조가 말했다. 하지만 혼은 뜻을 굽힐 생각이 없었다. 혼은 목소리를 깔며 조에게 말했다.

"어이, 조. 왜 그걸 네가 결정해? 피해자는 나인데. 빨리 꿇어."

"그, 그냥 봐주면 안 될까?"

에밀리아도 말을 더했다.

"엔디가 잘 몰라서……."

"내가 강한 걸 몰랐겠지."

다 큰 사람에게는 무지도 죄다. 인종차별이 나쁘다라는 것을 몰랐다? 도대체 어떤 저능아냐 그건.

엔디는 심드렁하게 말했다.

"안 해. 우리 저 새끼 싸우는 것도 본 적이 없잖아. 그냥 인간들 뒤치기 해서 번 점수 아니야? 저런 빌어먹을 아시안 따위한테……."

혼은 눈을 부릅떴다. 또 다시 인종차별 발언을 하면 어떻게 될지 이미 경고는 해두었다.

혼은 엔디에게 달려들었다. 그것에 반응을 한 조가 앞을 막아섰지만 혼은 조를 옆으로 밀어내고, 에밀리아를 어깨로 날려버린 뒤 엔디의 명치에 주먹을 꽂아 넣었다.

조와 에밀리아가 쓰러짐과 동시에 혼의 단검이 엔디의 목에 닿았다.

"자, 양악수술 할 준비는 되었냐?"

"크으윽."

엔디는 몸이 마비된 듯 부르르 떨며 쓰러졌다.

"엔디!"

에밀리아가 외쳤다. 그녀는 섣불리 혼에게 달려들지 못하고 그대로 서 있었다. 혼은 어차피 엔디를 죽일 생각이 아니었기 때문에 천천히 일어났다.

"자, 그럼 깨어나면 사과를 받아 볼까."

"엔디, 괜찮아?"

혼이 단검을 물리고 서자 에밀리아와 조가 뛰어왔다.

혼은 한심하게 두 사람을 쳐다봤다. 원래 명치라는 곳을 좀 세게 맞으면 일시적인 마비가 올 수 있다. 너무 당연한 거라 호들갑 떨 필요도 없다.

그 순간, 혼의 목이 저절로 어느 방향을 향해 꺾였다. 그것은 생각이 아닌 본능이 몸을 움직인 것이다. 제시가 죽었을 때 느꼈던 악의가 없는 살기.

그것은 혼의 팔과 목을 저릿하게 만들었다.

"소혼 창고!"

혼은 바로 장검을 꺼내들었다. 그리고 엔디에게로 달려가는 에밀리아와 조를 있는 힘껏 밀치고 바로 쓰러져 있는 엔디를 향했다.

"제길!"

혼의 입에서 감정에 충실한 한 마디가 튀어나왔다.

엔디를 향해서 날아오고 있는 것은 마치 익룡을 연상하게 했다. 머리는 흡사 심하게 뭉개진 인간과 같았고, 발은 쌈닭을 닮았다. 놈이 깃털도 없는 날개로 퍼덕이자 몸이 붕 뜰 정도의 바람이 주변의 모래를 날렸다.

익룡은 쓰러져 있는 엔디를 잡기 위해 착륙을 준비했다. 에밀리아와 조는 그저 멍하니 쳐다만 보고 있을 뿐이었다.

혼은 엔디를 지키기 위해 달렸다. 사실 저 인종차별 주의자가 어떻게 되던 상관이 없었으나 에밀리아와 조는 자신에게 친절했다. 이 상태로 엔디가 죽는다면 제시의 죽음에서 느꼈던 것과 다른 의미로 찝찝했다.

"이 자식이."

혼은 익룡이 엔디를 잡아가기 전에 먼저 위치를 잡을 수 있었다. 그러나 익룡의 닭발이 곧바로 혼의 어깨를 파고들었다.

"크윽."

기절할 정도로 아팠다. 혼은 욕지거리를 내뱉었다.

혼은 익룡의 발은 잡았다. 그러나 익룡은 힘으로 혼은 짓눌렀다. 웬만한 헤비급 인간들한테도 힘에서 밀려 본 적이 없는 그가 점점 아래로 깔리고 있었다.

"망할."

혼은 장검을 녀석의 발목으로 추정되는 부분에 꽂아 넣었다. 인간이라면 그냥 급소를 찔러 밀어내면 되지만 아무리 혼이라도 조류의 급소까지는 알지 못한다.

혼은 장검을 꺾어 녀석의 발과 다리를 분리시킬 생각이었지만 단단하게 꽂힌 장검은 움직일 생각을 하지 않았다.

이거 날카로운 장검 아니었냐? 혼은 장검의 능력에 심히 실망했다.

익룡은 혼과 함께 엔디까지 잡아 날아가려했다. 현재 혼에게는 익룡을 막을 방법이 없었다.

생각해라.

혼은 눈을 감았다. 이런 상황에서도 길은 있을 것이다. 호랑이에게 물려가도 정신만 차리면 살 수 있다는 옛말도 있지 않은가.

혼에게서 이 이상의 힘을 짜내는 건 무리다. 이럴 줄 알았으면 기초 상식을 사지 말걸. 100점이 있으면 뭔지는 몰라도 각성이라도 할 수 있었을 텐데.

그 순간 혼의 머릿속에 무언가가 번뜩였다.

혼은 청괴를 죽이고 얻은 혈석들을 그냥 주머니에 넣어 놓고 다녔다. 창고에 넣으면 괜히 자리만 차지하기 때문이다.

혼은 장검에서 손을 놓고 재빠르게 주머니에 있는 혈석을 전부 꺼냈다. 조의 말에 따르면 구입한 모든 무기의 손잡이에는 작은 구멍이 있다고 했다.

혼이 들고 있는 장검에도 날개 문양의 장식이 새겨진 구멍이 있다.

혼은 모든 혈석을 구멍에 넣었다. 하나씩 넣으려 했지만 구멍은 마치 창고가 물건을 빨아들이듯 혈석을 먹어치웠다.

혈석을 흡수한 검은 약간 떨리더니 이내 주황색으로 물들었다. 한 번에 거의 30개에 가까운 혈석을 넣었으니 꽤 강화가 되었을 것이다. 혼은 주황빛의 검을 보며 이거라면 다리를 자를 수 있을 것이라 생각했다.

아니, 그러길 빌었다.

혼은 다시 장검을 잡았다. 이미 놈은 이륙을 하고 있었다.

"좀 잘려라!"

혼은 크게 외치며 검을 꺾었다. 그러자 거짓말처럼 닭발이 빠직 소리를 내며 깔끔하게 잘렸다.

"크억!"

혼과 엔디는 땅에 처박혔다. 그제야 엔디는 정신이 들었는지 호들갑을 떨었다.

"으아악! 씨발! 이게 뭐야! 뭐냐고!"

엔디가 말할 때마다 상처가 울렸다. 혼은 어깨에 박혀 있는 닭발을 뽑아냈다. 피가 분수처럼 솟아올랐지만 제대로 된 처치를 할 수 있는 상황이 아니다.

혼은 옷을 벗어 상처부위를 감싼 뒤 두 다리로 섰다.

익룡은 공중을 선회해 다시 혼을 향해 돌격하고 있었다. 익룡은 다리가 잘려 화가 많이 난 상태였다. 혼 또한 오랜만에 자신의 피를 보게 한 익룡을 그냥 놔둘 생각이 아니었다.

"캬아아악!"

인간 머리를 한 익룡이 이상한 소리를 냈다. 익룡의 첫 번째 목표는 혼이었다. 힘이 남아있을 때 강한 개체를 처리한다. 싸움의 기본이다.

하지만 실패하면 끝장.

익룡에게는 발이 하나 밖에 남아 있지 않다. 조류의 공격은 부리와 발을 피하면 끝이었다. 이 익룡에게는 부리가 없으니 혼이 경계해야 할 것은 단 하나 뿐.

부웅, 부웅하는 바람과 함께 혼은 몸을 옆으로 틀었다. 그러고 나서 헛방을 친 익룡의 발을 잡고 그 위에 올라탔다.

여기서부터는 시간 싸움이다. 녀석이 높이 올라가면 올라갈수록 혼이 죽을 위험은 비약적으로 상승한다.

혼은 제발 이거 한방으로 추락하기를 바라면서 녀석의

배에 칼을 꽂았다.

"키에엑!"

빙고. 녀석은 비명을 지르며 공중에서 휘청거리다 땅으로 추락했다. 혼은 타이밍 맞춰 옆으로 뛰어 바닥을 굴렀다.

"아이고고."

혼은 급히 일어나 녀석을 쳐다봤다. 녀석은 머리부터 추락했는지 뇌수를 흘리며 죽어 있었다.

-60점 획득. 누적점수 132점-

점수가 오름과 동시에 익룡의 시체가 사라지고 그곳에는 손바닥정도 되는 크기의 혈석이 떨어져 있다. 혼은 천천히 걸어가 혈석을 집어 들었다.

이건 못 먹겠구먼. 오히려 먹다가 숨 막혀 죽겠네.

"사, 살았다. 살았어! 살았다고!"

에밀리아의 만세소리가 들렸다. 만약 혼이 닭발에게 졌다면 여기 있는 세 사람 모두 녀석의 먹이가 되었을 것이다. 아마 속으로는 혼을 엄청나게 응원하고 있지 않았을까.

혼은 녀석들을 향해 씩 웃어보이고는 창고를 불렀다.

창고에는 저번에 괴상한 식물을 죽이고 얻은 혈석이 있었다. 이거라도 먹어야지 아니면 고통 때문에 졸도할 것만 같다. 아니, 진짜 문자 그대로 죽을 수도 있다. 이미 왼쪽 어깨에 감은 상의가 전부 검붉은 색으로 물들 정도로 출혈이 심했다.

그러나 그것도 먹기에는 좀 컸다.

혼은 재빨리 라비린스 상식을 펼쳤다.

"여기 있네. 섭취방법. 큰 것들은 물에 타서 마실 수 있다. 쉽네."

혼은 혈석을 입에 넣고 물을 마셨다. 물통 입구가 작아서 혈석이 들어가지 않은 탓이다. 그냥 입에 넣고 흔들면 어떻게든 될 것이다.

혈석은 금방 녹아 물과 함께 목으로 넘어갔다. 혈석을 먹자마자 마치 언제 싸웠냐는 듯 체력이 돌아왔다. 하지만 체력이 돌아오는 정도로는 안 된다. 상처를 막아야 했다.

혼은 옷을 치우고 상처를 보았다.

"오, 아물었다."

혼은 진심으로 놀랐다. 완전 만병통치약이다. 지구로 돌아갈 때 몇 개 싸가고 싶다. 비록 통증은 남아있지만.

혼은 피로 흠뻑 젖은 상의를 버리고 새로운 셔츠를 구입했다. 나타난 것은 시장에서 구할 수 있는 5천 원짜리 흰 티셔츠였다. 고작 1점치고는 준수했다.

"엔디! 괜찮아? 어디 다친 데는 없어?"

"이제 괜찮아. 괜찮아."

조와 에밀리아는 엔디를 부축하며 위로의 말을 건네고 있었다. 혼은 고개를 절래 흔들었다. 은인은 자신인데 왜 지들끼리 저렇게 부둥켜안고 있을까. 혼은 그런 세 사람을 노려봤다.

"가, 감사합니다."

혼이 노골적으로 쳐다보자 에밀리아가 눈치를 보며 고개를 푹 숙였다. 혼을 향한 그들의 감정은 경계에서 두려움으로 바뀌어 있었다. 절대적 포식자를 보는 듯한 눈빛.

별로 기분은 좋지 않다.

"어이. 에밀리아."

혼이 부르자 에밀리아가 화들짝 놀라며 고개를 들어 쳐다봤다. 혼은 10점짜리 식빵 한 통을 구입했다. 점심은 사겠다고 말했으니까.

"점심으로 먹어라."

"네. 고, 고맙습니다."

에밀리아는 겁에 질린 얼굴로 최대한 혼에게서 멀어지려 했다.

기분이 나빴다. 아니, 짜증나 이 벽이라도 주먹으로 치고 싶었다.

혼은 분명 좋은 일을 했다. 하지만 녀석들은 혼을 두렵게만 보고 있다. 그게 이 미로다. 점수를 위해서, 그리고 식량을 위해서는 아무나 죽여도 된다는 암묵적인 룰이 저

세 사람과 혼을 공존할 수 없게 만든다.

혼에게는 더 이상 저 세 사람과 같이 다닐 이유가 없다.

혼은 자리에서 일어났다. 저들은 이 미로에서 결국 살아남지 못할 것이다. 아니, 지금까지 살아남은 것이 매우 운이 좋다고 할 수 있다. 저들은 일방적인 포식자들에게서 자신을 지킬 힘이 없다.

"난 간다. 오래 살기를 바라마."

혼은 덕담 아닌 덕담을 건네며 그렇게 그들에게서 멀어져갔다.

NEO MODERN FANTASY STORY & ADVANTURE

메이즈
헌터

3

Maze Hunter

3

혼의 앞에는 A3 크기의 지도가 여러 장 쌓여 있다. 지도는 일반적인 중축척지도처럼 지형이 세세하게 나와 있었지만 한 가지 다른 점은 벽을 뜻하는 검은 줄이 빽빽하게 그려져 있다는 것이었다.

이 어지러운 지도 위에는 빛나는 작은 점이 떠 있다. 그것은 혼의 현재 위치를 표시하고 있었다.

참 편리한 기능까지 딸려 있었지만, 문제는 이 지도가 50장이라는 거다. 복복에 '최초의 미로 지도'(50점)라는 게 있어 냉큼 샀던 혼은 머리를 싸매고 있었다.

그것도 그럴 것이 50장의 지도는 미묘하게 전부 달랐다. 미로가 움직이기 때문에 그만큼 지도도 많은 것 같다.

게다가 어떤 지도가 현시점의 미로를 나타내는 지도인지를 알 길이 없다.

혼은 최대한 긍정적으로 생각하기로 했다. 그래도 패턴이 50개인 게 어디야.

……는 헛소리다. 당장 지금 서 있는 길의 모양을 대조해보아도 똑같은 지도가 17개나 됐다. 이 지도는 무용지물이나 다름이 없다.

'라비린스의 기초 상식' 초반부를 보면 지도가 있으니 포인트가 있는 사람들은 꼭 사라는 충고가 적혀있다.

한 마디로 짜고 치는 사기였다. 이게 도대체 어딜 봐서 꼭 필요한 건지 모르겠다. 한 장의 지도로 그냥 미로가 바뀔 때 같이 바뀌던가. 왜 50장이나 주는 건데? 창고 같은 건 완전 오버 테크놀로지면서 왜 이것만 아날로그?

혼은 숨을 내쉬며 마음을 가다듬었다.

짜증을 내봤자 환불은 안 된다. 그래도 다행인건 이 50장이 하나로 묶어 지도기 때문에 창고 칸은 한 칸 밖에 차지하지 않았다. 100칸 밖에 없는 공간 중 50칸을 차지했다면 이 자리에 버리고 갔을 거다.

그래도 지도를 보다가 한 가지 공통점을 발견했다. 50장의 지도 전부에 표시된 절대 바뀌지 않는 커다란 공터가 존재한다는 것이다.

크다고 해봤자 스케일로 봤을 때 축구장 정도의 수준이었지만 혼은 뭔가가 있을 것만 같은 느낌을 받았다.

"여기로 가볼까."

혼은 현재 본인이 있는 길과 같은 모양을 가진 지도를 분류했다. 17장. 그리고 갈림길까지 앞으로 걸어가 다시 지도를 펼쳤다.

여기서 오른쪽, 왼쪽으로 갈림길이 나오는 지도는……
총 13장.

그렇게 소거법으로 막힌 길에서 5장을 줄이고, 다시 뒤를 돌아 세 갈림길에서 3장을 줄였다. 혼은 그렇게 길이 가던 중 불안한 느낌을 받았다. 이러다가 미로가 바뀌기라도 하면…….

쿠구궁.

"아, 망할."

혼은 머리를 부여잡았다. 이제 다섯 장 남았는데! 이게 지금 왜 바뀌는 거지? 적어도 공터까지는 가게 해줘야 하는 거 아닌가.

투덜거려 봤자 어쩔 수가 없다. 혼은 다시 지도 50장을 전부 꺼내 비교하며 원래 복표했던 공터로 향했다.

그렇게 약 5시간.

혼의 눈앞에 공터의 입구가 나타났다. 현 상황에 들어맞는 지도를 찾아 열심히 걸어온 결과였다.

혼은 감격한 얼굴로 걸어갔다. 미로가 다시 모습을 바꾸기 전에 재빨리 공터 안으로 달려 들어가야 했다. 공터 자체의 모습은 바뀌지 않으나 입구가 제각각이었기 때문에 빨리 들어가지 않으면 지금 찾은 입구가 막힐 가능성도 있었다.

세이프~.

혼은 홈으로 들어온 타자처럼 속도를 줄이며 그 자리에 서서 공터 안쪽을 바라봤다.

음식냄새가 혼의 코를 간질였다. 수십 개의 텐트가 원을 그리며 둘러쳐져 있다. 모닥불 타는 소리와 서로 검을 맞추는 챙챙 거리는 소리, 거기에 와자지껄 떠드는 사람들의 얘기소리가 혼의 귀를 울렸다.

생각보다 훨씬 규모가 컸다.

인간이라는 동물은 3명만 모여도 사회를 구축해버리니 사람들이 정착했을 것이라 예상은 했다.

허나 이렇게 클 줄은 몰랐다. 얼핏 보아도 100명은 넘게 사는 것 같았다.

몇 명은 벌써부터 혼을 노려보고 있었다. 혼을 보는 사람은 점점 많아졌다. 이윽고는 공터의 인원 전부가 혼을 쳐다보는 민망한 상황이 되었다.

혼은 머리를 긁적이며 누군가 말을 걸어주기를 기다렸다. 민망한 순간을 빨리 끝내줄 용자는 나타나지 않는 것인가.

"어, 이 친구 처음 보잖아. 여긴 어떻게 왔나?"

콧수염이 난 인상 좋아 보이는 남자가 벌떡 일어나 혼에게 다가갔다. 그러자 뒤에 있던 남자들이 말했다.

"어이, 처음 보는 사람한테 함부로 다가가지 마."

"걱정 말라니까. 척 봐도 순해 보이잖아?"

콧수염은 동료의 충고를 무시하고는 혼에게만 들리도록 좋알댔다.

"참나, 이래서 늙은 것들은 안 된다니까."

혼은 하하 웃었다. 관심을 가져주는 건 고맙지만, 저들이 말한 대로 이 콧수염 남자는 허술한 게 맞다.

이 미로는 지구의 상식을 한참 벗어난 곳이다. 괴수보다 더 강한 인간도, 여기 사람들을 모조리 쓸어버리고 점수를 따갈 인간도 얼마든지 있을 수 있다. 누가 알겠냐. 포인트로 식빵을 사먹는 세상인데.

그렇기 때문에 혼은 자신을 경계하는 눈초리들을 이해할 수 있었다. 혼은 최대한 착한 인물인 척 사람 좋은 미소를 지으며 말했다.

"우와, 여기 사람들이 엄청 모여 있네요. 신기한데요. 이런 장소는 처음이에요."

혼은 약간 모자란 사람을 연기했다. 착한 놈들은 원래 약간 모자라다는 혼의 고정관념이 좀 들어간 것이다.

혼이 우와~ 우와~ 하면서 주위를 둘러보자 콧수염 남

자가 다른 이들을 보며 어깨를 으쓱했다.

"보쇼. 이 사람들이 겁은 많아서."

남자는 쯧쯧 하고 혀를 찼다.

"걱정 마시게 젊은 친구. 난 한 두 달 전에 친구들과 여기를 찾았는데, 나도 처음 왔을 때는 이런 반응이었어. 금방 녹아들 걸세. 자 여기로. 여기로."

남자는 호탕하게 웃으며 혼에게 어깨동무를 걸었다.

하지만 혼은 이곳에 오래 머물 생각이 없었다.

'라비린스 기초 상식'에는 이 미로의 끝에 뭐가 있는지 장황하게 쓰여 있었다.

태초에 어쩌고저쩌고 하는 긴 스토리는 무시하고, 간단하게 말하면 신의 보옥이라는 것이 있어 그것에다 소원을 빌면 무엇이던 이루어준다는 신화와 같은 이야기였다.

못 믿을 것도 없는 이야기였다. 창고도 그렇고, 혈석도 그렇고, 이 미로도 그렇고, 이 세계가 신화 그 자체였으니까.

"아, 저는 그냥 지나가는 길입니다만."

"뭐? 지나간다고? 저 미로 속으로? 에이, 왜 개고생을 사서 하려고 그러나. 설마 자네 아예 이곳이 처음인가?"

"아니, 그건 아닌데……."

"일단 와서 앉게. 어서."

콧수염은 혼을 억지로 자리에 앉혔다. 혼도 딱히 반항은 하지 않았다. 조금 쉬다가는 것도 나쁘지는 않을 거 같았다.

"내 이름은 다위다. 우다위."

다위와 함께 술을 마시고 있던 사람들은 혼을 탐탁지 않게 보고 있었다. 당연한 것이었다. 사람을 쉽게 믿는 자들이 이렇게 큰 사회를 만들 수는 없었을 테니까.

혼의 관심사는 다른 곳에 있었다. 이 사람들은 피 같은 포인트로 술 따위를 사고 있었다. 그 뜻은 포인트가 여유가 있다는 뜻이었다. 점수를 벌어다주는 사람이라도 있는 것일까. 혼이 고민을 하고 있을 때 다위가 말했다.

"이보게들. 인상들 좀 피시게."

그러자 구석에서 조용히 술을 마시던 대머리 남자가 입을 열었다.

"다위, 자네는 들어 온지 얼마 안 되서 모르겠지만, 여긴 별에 별 미친놈들이 다 있는 곳일세. 창고에 물건을 넣어 훔쳐가는 놈, 사냥조를 몇 명 죽이고 도망치는 놈. 우틴 네일만금 네어봤어."

대머리는 혼을 보며 말을 이었다.

"자네한테는 미안하지만, 우린 아직 자네를 못 믿어."

"예, 이해합니다."

지극히 당연한 소리라 혼도 별 감흥 없이 답했다. 라비린스 기초 상식에 보면 인간의 점수는 3점 + 그 인간이 번 총점수의 3%라고 한다.

즉 어떤 사람이 지금까지 딴 점수가 총 100점이라면, 그 사람을 죽였을 때 얻는 점수는 6점 정도라는 것이다.

대머리의 말에 따르면 이 마을에는 사냥조와 일반인이 나눠져 있었다. 그렇다면 아무래도 100명을 먹여 살리는 사냥조의 총점은 높을 수밖에 없다. 그 사냥조를 죽인다면 한 번에 수 십 점을 얻어 나갈 수 있다. 혼은 더럽지만 좋은 방법이라고 생각했다.

"괜찮습니다. 원래 그런 세계니까요. 문제 안 일으키도록 하죠."

그럼에도 혼은 정말로 문제를 일으킬 생각이 없었다. 나가서 꽃 거미나 인면조를 잡으면, 40점, 60점이 훅훅 들어온다. 비록 출몰빈도는 매우 낮았지만 꽃 거미는 지금까지 3번, 인면조는 2번이나 만났다.

혼의 점수는 이미 300점을 넘어갔다. 하지만 혼은 아직 먹을 것을 제외하고는 점수를 쓰지 않고 있었다.

몇 번 맨땅에 헤딩을 하다 보니, 확실한 정보를 얻기 전에는 신중해야 한다는 걸 배웠기 때문이다. 거기에 각성이라는 것에 대한 정보가 한정적이라는 것도 한몫했다.

"그리고 방문객이라면 잠깐을 머물더라도 일단 천화에

게 보고를 해야 된다고. 그게 여기 룰이야. 다위 네가 끌어들였으니 네가 안내해줘라."

"그러지 뭐. 어, 자네 이름이?"

"혼입니다."

"혼? 뭐야? 어느 나라 사람이야?"

"한국인입니다."

"거 독특한데. 우리 대장도 한국 사람이다. 하하하."

한국 사람이라는 말에 혼은 호오, 하고 감탄사를 뱉었다. 반가움 반, 놀라움 반이었다. 이런 죽음에 땅에서 사회를 이룩한 사람의 얼굴은 꼭 보고 싶어졌다. 그게 한국인이라면 더.

다위가 혼을 데려간 곳은 한쪽 구석에 펼쳐진 몽골식 주거용 텐트였다. 나무로 그물 같이 짠 벽을 둥그렇게 세우고 가운데에는 기둥을 박아 지붕의 뼈대를 만든 뒤 위에 천을 엎어놓는 방식이다.

완전 비싼 텐트다. 한 150점정도. 혼이 가지고 있는 허름한 텐트가 대충 10점 정도이니 15배 비싼 것이다.

"대장. 신입이 들어와 보고하러 왔는데 말이야."

"저기, 전 딱히 신입은 아닌데. 그냥 들렸다가 가는……."

"잠깐만. 내가 나갈게."

텐트 안에서 여자의 목소리가 들렸다. 예상과 다른 목소리에 혼은 입을 멈추고 천막을 바라봤다. 그곳에서는 앳된 여자가 나왔다.

"대장. 오늘도 예쁘네요."

"하하, 고마워요. 다위 아저씨. 그나저나 신입이라면?"

여자는 혼을 힐끗 쳐다보며 미소를 지었다. 혼은 속으로 감탄했다. 여자는 아무리 많게 봐도 20대 초반이었다. 게다가 당장이라도 아이돌로 데뷔를 할 수 있을 정도로 어느 하나 흠잡을 곳이 없는 미인이었다.

160 정도밖에 안 되는 작은 키였지만 핫팬츠 아래로 쭉 뻗은 다리는 모델의 것을 연상케 했다. 거기에 탱크 탑 러닝셔츠와 그 위에 입은 얇은 와이셔츠로는 가릴 수 없는 복근과 잔 근육이 그녀가 어떤 삶을 살았는지를 보여줬다.

"반가워요. 유천화라고 해요."

"안녕하세요. 혼이라고 합니다."

혼은 천화가 내민 손을 잡으며 말했다. 천화는 그렇게 말하고는 긴 흑발을 하나로 묶었다. 혼은 사랑스러운 그녀의 모습을 보면서 완전히 다른 생각을 하고 있었다. 이곳의 대장이 이런 어린 여자라니. 도대체 어떻게 이런 사회를 꾸렸을까 하는 궁금증이 더욱 컸다.

"그런데 혼씨는 혼자 오셨나요?"

"맞아. 이 녀석 혼자 오더라고. 대단한 녀석 같지 않아?"

"확실히 혼자 오시는 분들은 대단하죠. 하하, 혼씨는 그럼 중국인? 아니면 한국인?"

"한국 사람입니다."

"아, 반갑네요. 보통은 중국 분들이 많은데. 아무래도 인구가 인구다 보니까요. 그럼 다위 아저씨. 지금부터는 제가 안내할게요. 감사합니다."

"그래, 얘기들 나누시게. 잘해보라구."

다위는 뭔가 오묘한 표정을 지어주고는 퇴장했다. 뭘 잘해보라는 건지는 모르겠지만 혼은 일단 고개를 끄덕였다. 천화는 그런 혼에게 슬쩍 말을 건넸다.

"그럼 일단 마을을 둘러볼까요? 실례지만 나이가 어떻게 되세요?"

"22정도일까요?"

혼은 자신의 정확한 나이를 알지 못했다. 부모가 버렸기 때문에 정확한 생년월일도 알 수 없었고, 심지어 이름조차 불확실하다. 그가 기억하는 가장 오래된 장면은 킬러수업을 받고 있었던 것이니까.

"저보다 많으시네요. 전 20살이에요. 말 편하게 하세요."

천화는 친화력이 굉장히 좋았다. 이런 사회를 구축할 정도라면 당연한 것이겠지만.

"그런데 저는 그냥 지나가는 길이었거든요. 딱히 여기 눌러 살 생각은……."

혼은 예쁜 여자가 대장인 것도 마음에 들고, 사람들이 전부 행복한 미소를 짓는 이곳의 분위기도 마음에 들었다.

하지만 이곳에 눌러 살 마음은 없었다. 하루라도 빨리 원래 세계로 돌아가 모아놓은 돈을 펑펑 쓰면서 게임이나 하면서 살고 싶은 혼이었다.

"어? 그래요? 아쉽네요. 저는 또 좋은 사냥꾼이 들어올까 기대했는데."

천화는 잠시 시무룩한 표정을 지었다.

혼은 잠시 천화에게 넘어가 눌러 앉을 뻔했지만 이내 냉정을 되찾았다. 이래서 예쁜 여자는 싫다.

"그러면 이제 곧 있으면 식사하는데 저녁 정도는 어때요? 오늘 날도 늦었고."

"저녁이요? 저 그게……."

"흑소 등심인데 어때요?"

흑소 등심이라면 바로 그 흑소 등심 아닌가. 지금이야 못 사먹을 것도 아니었지만 혼에게 있어서도 전 재산의 1/10을 내야하는 럭셔리 음식이었다. 혼은 입맛을 다시며 되물었다.

"고, 공짜입니까?"

"물론이죠. 원래 여기는 사냥조 말고는 점수를 얻지도, 쓰지도 않아요."

꿀꺽, 혼은 저절로 넘어가는 침을 참지 못하고 목으로 넘겼다. 여기로 넘어와서 먹은 고기라고는 파스타에 들어 있는 곁다리 조금이랑 닭죽에 있던 살코기뿐이었다. 드디어 배에 기름띠 좀 두를 수 있는 순간이었다. 그것도 남의 점수로.

"으흠, 그렇게까지 말씀하시면 뭐. 근데 이 많은 사람들을 그렇게 잘 먹이려면 점수가 꽤 많이 필요할 텐데요."

30점에 1인분이라면 100인분이면 3000점이었다. 아무리 사냥조가 열심히 청괴를 잡는다 하더라도 3000점을 매번 벌어올 수 있을 리가 없다.

"걱정 마세요. 재료로 구입해서 요리해 먹으면 싸거든요."

"재료로요?"

"상품 칸에 재료 있잖아요."

혼은 급하게 점수상점을 다시 열었다. 군데군데 (재료)라고 적힌 목록이 보였다. 하지만 전화가 발한 상품이라는 칸은 볼 수 없었다. 한동안 만지작거리던 혼은 그제야 깨달았다는 듯이 말했다.

"아, 분류를 생성할 수 있네요."

친절하게도 도움말에 분류생성법이 적혀 있었다. 상품은 어마어마하게 많았기 때문에 분류를 설정해 놓고 사용하는 편이 낫다는 팁이다. 그런 건 메인에, 상점이 뜰 때마다 알려줬으면 좋겠다고 혼은 생각했다.

혼은 점수목록을 불러내어 재료 카테고리를 만들었다. 그곳에는 흑소 등심 1인분에 3점이라고 적혀 있다.

알고 보니 완성된 음식은 최소 5배에서 10배까지 비쌌다. 고작 음식을 해줄 뿐인데 완전히 사기였다. 지금까지 점수를 낭비했다는 사실을 깨달은 혼은 한숨을 내쉬었다.

"진짜네요."

"여태껏 모르고 다니셨어요?"

"네. 망할."

"뭐, 완성품을 사서 먹으면 그래도 특제소스에, 완벽하게 구워서 장식까지 해주잖아요. 레스토랑이라고 보면 그럴 만하지 않을까요?"

혼이 충격을 받은 채 서있자 천화가 위로한답시고 말했다. 재료라는 것이 주재료만 있는 것이 아니라 조미료, 냄비, 불, 그리고 각종 소스까지 더하면 꽤 많은 것들이 필요하기 때문에 엄밀히 말하자면 10배나 싼 것은 아니었다. 그래도 억울한 것은 어쩔 수 없지만.

혼은 어차피 음식을 굉장히 못했다. 킬러에게 필요한 것은 필요한 영양분이지 맛있는 요리가 아니었다.

혼은 긍정적으로 생각하기로 했다. 누구나 다 같은 가격에 사먹는 것이라면 그렇게 손해를 본 것도 아니니까.

시시각각으로 바뀌는 혼의 표정을 가만히 보고 있던 천화는 고개를 돌려 큭큭거리며 웃었다.

혼은 갑자기 웃는 천화를 바라봤다. 천화는 민망한 듯 눈물을 닦으며 말했다.

"아 죄송해요. 표정이 다양하시네요."

천화는 크흠, 하고 헛기침을 하더니 말을 이었다.

"쌀이랑 반찬을 많이 하면 대충 50점 정도로 모두 먹을 수 있어요. 100인분 하는데 한 명 정도 더 껴도 티도 안 날 거구. 모아놓은 점수도 꽤 있으니까요."

"그럼 실례 좀 하겠습니다."

혼은 오늘 머리를 써가며 5시간동안 걸었다. 하루 정도는 마음 편하게 자고, 마음 편하게 먹어도 될 듯싶었다. 그는 어느 정도 마음을 내려놓고 산책을 하기 시작했다.

"여, 천화. 오늘 사냥은 어땠나?"

"많이 벌었어요!"

"천화 씨. 이것 좀 먹어봐."

"하하, 감사합니다."

천화가 지나갈 때마다 사람들이 달려들어 그녀에게 한 마디씩 건넸다. 천화는 친절하게 답해주며 주는 것을 잘도 받아먹었다.

마치 대통령이 시장유세를 하는 느낌과 비슷했다. 다른 점이라면 천화가 짓는 미소에는 가식이 없다는 것 뿐.

"어린 나이 같은 데 이런 곳을 만들다니. 굉장하네요."

혼은 진심에서 우러나오는 칭찬을 했다. 미로라는 곳은 지구상의 어느 곳보다 위험하다. 물도, 열매도, 동물도 없으며 있는 것이라고는 오로지 인간을 먹이로 생각하는 괴수들과 괴인들뿐이다.

여기 있는 사람들은 전부 그 지옥을 어느 정도 헤쳐 온 자들이다.

전부 살인자. 아니면 기생충. 일반인은 이 미로에서 생존한다는 것 자체가 불가능하니까.

천화는 그런 인간들을 전부 일반인들로 되돌려 놓았다. 가진 거라고는 불신 밖에 없을, 그리고 불신이 아직도 남아있을 이 사람들을 전부 통솔해 사회를 만들어낸 것이다.

"천화 씨가 미로에 온지 얼마나 됐죠?"

"1년이요. 에이, 말 놓으시라니까요."

"1년이요?"

"네, 아빠랑 같이요."

"아, 그렇구나."

혼은 아버지가 어디 있냐는 질문은 하지 않았다. 이 자리에 없다면 십중팔구 죽은 것이다. 이 미로에서는 흔한 일이기도 하다. 시체와 같이 뒹구는 것이 이 미궁의 일상이었으니까.

천화는 굳이 혼을 사람들에게 소개하지 않았다. 혼이 부탁한 것이기도 했다. 어차피 하루 밤 먹고 갈 놈 인사는 해서 뭐하겠는가.

"그런데 몇 점 각성이세요?"

"각성이요?"

저번에 에밀리아도 혼에게 각성을 했었냐고 물어본 적이 있었다. 이쯤 되면 각성을 해보는 것도 나쁘지 않을 것이라는 생각이 들었다. 점수는 돈이나 다름이 없었기 때문에 필요할 때 필요한 물건을 정확하게 구입하기 위해서는 미리 다 쓰는 바보 같은 짓을 하면 안 되었다. 때문에 아직 각성같이 큰 점수가 드는 것은 하지 않고 있던 상황이었다.

"아니, 혼자서 청괴를 이길 정도면 각성은 하셨을 거 아니에요."

"아니, 안 했는데."

청괴를 이기기 위해서는 각성을 해야 하는 것이 이곳의 상식이었다. 혼은 어느 정도 그 사실을 인정했다. 자신이 특이한 것이지 다른 일반인들은 그 괴물에게 맞아 죽어도 이상하지 않다.

"그래요? 우와. 각성도 안하고 혼자 다니는 분은 처음 보네요."

"저, 혹시 천화 씨는 각성했나요?"

"말 편하게 하시라니까요."

천화는 단호하게 말했다. 혼은 이제는 진짜 말을 편하게 할 순간이라고 생각했다. 천화는 이럴 때 갑자기 카리스마가 나왔다.

"아, 그, 그럴게. 그래서 각성했어?"

"네, 각성했어요. 신체는 2단계, 무기도 1단계요."

신체 2단계는 전신각성이고, 무기 1단계는 특정한 무기 각성이라고 적혀 있다. 출처 라비린스 기초 상식.

그렇다면 각성이라는 것을 간접경험이나마 볼 수 있었다. 천화의 사냥하는 움직임 같은 것을 보면 각성이 얼마나 인간을 강하게 하는지를 알 수 있을 것이다.

하지만 혼에게는 그럴만한 시간이 없었다. 그렇기 때문에 혼은 이번 파티에서 여흥으로나마 볼 수 있었으면 좋겠다고 생각했다.

"천화대장. 다 됐어. 중앙으로 모이라던데?"

고등학생 정도로 보이는 남자애가 허겁지겁 뛰어와 말했다. 천화가 고개를 끄덕이자 녀석은 볼을 붉히며 또 다시 뛰어 돌아갔다. 마치 지구의 사회를 보는 것만 같은 착각이 들 정도로 훈훈한 분위기였다.

"인기 많네."

"어머, 인기는 무슨."

천화는 혼의 어깨를 툭 쳤다. 퍽 하는 소리와 함께 혼의 왼쪽 어깨가 앞으로 튀어나갔다.

혼은 각성의 힘이 이런 것인가를 생각하며 어깨를 쓰다듬었다.

"빨리 와요."

저물어가는 석양을 배경으로 천화의 얼굴이 더욱 더 아름다워 보인다. 혼의 입꼬리는 의지와는 상관없이 점점 귀로 가까워졌다.

고기 굽는 냄새가 혼의 코를 찔렀다. 천화는 혼을 끌고 가 자신의 옆 자리에 앉혔다.

파티가 시작되자 여기저기서 노래 소리가 울려 퍼졌다. 마을사람들은 건전지로 돌아가는 CD플레이어와 음악CD 또한 구비를 해놓았다. 올드 컨츄리 팝이 분위기를 한껏 고양시켰다.

남자들은 커다란 철판을 가운데에 있는 모닥불 위에 놓고 큼직하게 썬 고기들을 차례차례 굽고 있었고, 여자들은 그 옆에서 밥이나 몇몇 반찬거리를 사람들에게 나눠주고 있었다.

"저기 김치도 있어요. 제가 만들었죠."

천화는 쑥스러운 듯 웃으며 말했다. 혼은 그 말에 갑자기 김치가 그리워졌다. 지금까지 치열하게 사느라 그런 반찬까지 사먹을 여유가 없었다. 그보다 김치라는 것도 존재하는 것인가.

"그러고 보면 김치도 살 수 있어?"

"네, 비싸지만요."

혼은 젓가락으로 김치를 먹었다. 비싸면 앞으로도 먹을 일이 없을 것이다. 혼은 이번 기회에 많이 먹어두자고 생각했다.

오오! 매우 놀랍다.

혼 인생에서 가장 맛이 없는 김치였다. 미궁의 배추는 신맛이 난다고 착각을 할 정도로 묘한 맛이었다. 천화는 혼에게 얼굴을 들이밀며 말했다.

"어때요?"

천화는 한껏 기대하는 눈으로 혼을 쳐다보고 있었다. 혼은 차마 사실대로 말하지 못하고 연기를 시작했다.

"마, 맛있어."

완벽한 메소드 연기를 하는 혼까지 말을 더듬게 하는 맛이다. 이쯤 되면 무슨 음식인지 궁금해질 지경이다.

"다행이다. 여기 사람들은 김치 냄새가 별로라고 안 먹더라고요. 기껏 만들었더니."

원래라면 냄새 때문이겠지만 지금 이 김치는 그냥 먹을 만한 게 못되는 거 같은데. 혼은 하하하 웃으며 습관적으로 한 젓가락을 다시 했다.

한국인의 습관이란 참. 한 번 더 먹고 나자 습관까지 사라졌다. 이 정도면 독이네. 독.

"어이, 혼! 소개는 다 받았나?"

다위가 저 멀리서 혼을 발견하고 달려왔다. 그의 손에는 맥주, 다른 한손에는 고기가 붙은 갈비뼈를 들고 있었다. 혼은 미궁 토박이처럼 보이는 다위를 보며 하하 웃었다.

"아, 뭐. 어차피 내일 갈 거라 소개라고 하기도 뭐하죠."

"에이, 그러지 말고 더 있다 가. 미로에서 헤매봤자 뭐 좋은 꼴 본다고. 그리고 말이야……."

다위는 혼의 귀에 대고 속삭였다.

"천화를 보면 있고 싶어지지 않아? 완전 여신 아니냐. 여신."

"아저씨, 아저씨가 말하니까 범죄 같은데요."

"아니, 아니. 내가 뭘 어쩌겠다는 건 아니야. 나 같은 것은 손 댈 수 없으니까 여신인거지. 하지만 지켜주고 싶다고나 할까? 남자 못지않게 든든하지만 왜 그래도 여자잖아. 자네 정도 되는 청년이면 맡길 만하지."

다위는 혼에 대해서 아는 것이 없다. 혼은 그의 말에 고개를 절래 흔들었다. 대륙 사람이라 그런지 아주 호쾌하다. 하루 만에 대장을 다른 놈에게 맡길 정도로 말이다.

"그런 대장을 저 같이 오늘 막 안 놈한테 줘도 되는 겁니까? 제가 나쁜 놈이면 어쩝니까?"

"그런 말 하는 놈 치고 나쁜 놈 못 봤다. 우리 사냥조는 사실 대장한테만 기대는 거라 불안 불안하거든. 길 찾는 것도 항상 대장 몫이고 말이야. 그래서 말인데, 좀 더 눌러있을 생각은 없나? 자네 같은 강자가 와주면 우리로서는 바랄 게 없겠다만."

"제가 강자인건……."

"척보면 딱이야."

혼은 자신의 실력을 알아차린 다위의 눈썰미는 인정했다. 하지만 나머지 부분에서는 완전 꽝이다.

이곳에 있어봤자 혼은 이 사회에 제대로 녹아 들 수 없다. 살아가는 방식이 다른 것은 물론 혼은 화합이라는 단어를 모르기 때문이다.

이곳은 행복한 공간이다. 이 미로에 들어와 발견한 수많은 불행들과는 격이 다른 유일한 파라다이스.

혼은 자신이 이 오아시스를 망치는 죽은 물고기라는 사실을 잘 알고 있었다.

"다위 아저씨. 혼씨 괴롭히지 말고 저리 가세요."

다위는 천화가 끼어들자 입맛을 다시며 멀어졌다. 뭔가를 더 저지를 사람의 얼굴이었다.

아니나 다를까, 다위는 바위로 올라가더니 사람들을 보

며 외쳤다.

"파티에는 대회를 빼놓을 수 없죠! 남자들끼리 팔씨름 대회라도 여는 거 어떻습니까? 상품은 우리 대장님과 춤출수 있는 기회!"

"좋다!"

"불타오르는데?"

천화는 이마를 부여잡고 고개를 절래 흔들었다. 이미 분위기는 천화와 춤을 추기 위한 남자들의 열기로 불타오르고 있었다.

"좋아, 그럼 일단 저번의 챔피언의 참가 의사를 물을 수밖에 없죠."

챔피언이 있는 걸 보면 이게 처음은 아니라는 건데.

"당연히 참가한다."

앞으로 나온 건 30대 초반으로 보이는 남자였다. 오른팔이 울퉁불퉁 한 것이 팔씨름 선수라도 되어 보였다.

남자는 목조 원탁에 앉아 오른팔을 올렸다. 그러자 다위는 사람들을 둘러보며 외쳤다.

"자, 우리의 챔피언! 오른팔만 부분각성을 해버린 사냥조 부대장 중 한 명! 그 이름은 바로 휴버트!"

사람들은 환호성을 외쳤다. 그때, 인파 안에서 젊은 남자가 어깨를 붕붕 풀며 나왔다.

"도전하겠다. 이번엔 이기겠다고. 휴버트."

"헹, 그게 되려나?"

그 남자또한 양팔이 일반인에 비해 아주 두꺼워 보였다. 부분각성을 상대로 자신 있게 나선 걸 보면 저 남자도 부분각성이겠지. 혼은 흥미롭게 팔씨름을 구경했다. 부분각성의 힘을 알 수 있으면 좋을 것 같았다.

"그럼, 파이트!"

두 남자는 손을 맞잡고 동시에 힘을 넣었다. 사방에서 양쪽이 응원하는 소리가 들렸다. 이윽고 휴버트가 상대편의 손을 원탁위에 꽂았다.

"승자~ 휴버트!"

역시 팔씨름으로 부분각성의 힘을 볼 수는 없었다.

"자~ 도전자 없습니까?"

여기저기서 도전을 할까, 망설일까하는 수군거림이 들렸다. 다위는 기다렸다는 듯이 혼을 쳐다보며 말했다.

"이봐 혼. 참가 어떤가?"

"뭐, 그러죠."

멍석을 깔아주는데 안 나갈 이유가 없다. 부분각성의 힘이 어느 정도인지를 알아 볼 수 있는 좋은 기회였다. 직접 체험을 해봐야 나중에 각성자가 나를 공격하더라도 대처를 할 수 있다.

"오! 휴버트, 저 비실이 꺾어버려."

"팔 안 부러지게 조심해라."

남자들의 조롱소리가 들렸다. 완전히 원정경기였다. 혼의 편이라고는 하나도 없었다.

"조심해요."

천화가 혼의 등을 팡 치며 말했다. 혼은 그 충격에 앞으로 튕겨져 나가며 콜록하고 기침을 했다. 그래도 같은 편이 하나는 있는 거 같다.

혼은 원탁으로 가 휴버트 앞에 앉았다. 거대한 팔이 시야에 들어왔다. 두껍다고 강한 건 아니지만 체급이라는 것이 있다. 혼은 한숨을 쉬고 손을 올렸다.

"살살 부탁드립니다."

"어, 그래야지. 부러지면 대장한테 한소리 들으니까."

휴버트는 비웃음을 지으며 혼의 손을 잡았다. 묵직한 악력이 손에 전해졌다.

"그럼 시작!"

시작과 동시에 휴버트가 단숨에 끝내기 위해 안간힘을 썼다.

혼은 실망했다. 부분각성에 대해 말하자면 단련을 한 인간과 비슷한 수준이었다. 물론 저만큼 단련하는 것은 힘들지만 초인의 힘이라는 느낌은 없었다. 게다가 팔만 각성해서는 전신을 기계처럼 단련한 혼을 이길 수 없었다.

"크윽!"

얼굴이 빨개진 휴버트가 이를 악물며 신음소리를 냈다. 팽팽했던 균형이 무너지고, 혼의 손이 휴버트의 손을 넘기기 시작했다.

"흐아압."

쾅!

혼은 마지막 힘을 쏟아내 휴버트의 손을 원탁에 꽂았다.

혼은 입맛을 다셨다. 만약 전체각성을 한 사람이 나타나면 앞으로의 미궁여행은 꽤나 힘들 것 같았다. 자신과 비슷한 수준의 사람을 상대로 싸우는 것은 언제나 힘든 일이다.

"우와와! 휴버트가 졌다!"

"대박. 전신각성자 아니야?"

여기저기서 놀람의 목소리가 쏟아져 나왔다. 휴버트는 아쉬운 듯 고개를 절래 흔들며 일어나 혼에게 악수를 청했다.

"이야, 역시 전신각성자는 못 이겨."

"아니, 저 각성 안했는데……."

혼은 변명을 하려다 말을 먹었다. 그냥 전신각성자에게 졌다고 생각하는 편이 휴버트도 마음이 편할 것이다.

"도전자 없습니까? 없습니까?"

다위 아저씨가 사방을 돌아보며 외쳤지만 휴버트를 가

볍게 이긴 혼에게 도전하는 사람은 없었다.

"그렇다면 이번 포크댄스 천화 대장님의 파트너는 혼입니다!"

그러고 보니 이거 천화와 포크 댄스를 추는 것이 부상인 대회였다. 졸지에 춤까지 추게 된 혼은 민망하다는 듯 웃었다.

"엄청난데요? 휴버트를 이기다니."

어느새 천화가 혼의 옆으로 다가와 말을 걸었다. 혼은 겸손을 유지했다. 여기서 당연하다는 식으로 했다가는 남자들의 미움을 완전히 사버릴 것 같았다.

"별 거 아냐. 그쪽이 기술이 달리더라고."

"휴버트가 들으면 한판 더 붙자고 하겠네요. 자, 힘도 뺐으니까 고기 먹으러 가죠. 따라와요."

천화는 혼의 손을 잡고 고기가 구워지고 있는 불쪽으로 향했다.

혼은 접시 가득히 고기를 담아 자리로 돌아왔다. 그러자 천화가 다시 한 번 물었다.

"그나저나 정말 각성을 안 한 거 맞아요?"

"하고 싶어두 못 했어. 정보에 어둡다보니."

"그런데도 엄청나게 강하네요. 꼭 우리 아빠 보는 줄 알았어요."

"아버지께서?"

"네, 아빠가 검도로 엄청났거든요. 한국에선 최고였다고 들었어요."

"그래? 대단하신 분이었네."

"그죠? 여기도 아빠가 만든 거예요. 사람들 살리겠다고."

"아버지는 역시 안 계시는 거지?"

"에? 뭐 그건……."

천화는 쓸쓸하게 웃었다.

"왜 지금은 네가 해? 그렇게 강하신 분이."

혼은 실례라는 건 알고 있지만, 호기심을 막지 못했다. 천화는 넋두리를 하듯 처연히 말했다.

"어느 날 사냥을 나갔다가 엄청 큰 상처를 입고 돌아오셨어요. 혈석도 다 썼고. 어떻게 할 방법이 없었죠. 그때 저한테 600점을 넘겨주시면서 그러셨어요."

점수라는 게 남에게 넘겨줄 수도 있다는 새로운 정보를 얻었다. 혼은 그런 무미건조한 생각을 하며 그녀의 이야기에 귀를 기울였다. 동정은 판단을 무디게 만들기 때문에 혼은 무의미한 감정이입은 하지 않고 있었다.

"뭐라고 하셨는데?"

혼은 무덤덤하게 말했다. 그러자 천화는 씩 웃으며 말했다.

"사람들을 부탁한다고요."

"아버님답네."

이런 곳을 만든 사람이라면 죽는 순간까지 다른 사람을 걱정했을 거다. 하지만 죽을 때만큼은 딸 걱정을 해야 하지 않겠는가. 혼은 인간은 전부 이기적이라는 생각을 하고 있었기 때문에 딱히 이상한 것도 아니었다.

"헤헤, 역시 이런 이야기는 만찬에 어울리지 않아요."

천화는 혀를 내밀며 분위기를 수습했다. 그때, 멀리서 다위가 외쳤다.

"자, 포크댄스의 시간입니다! 빨리 파트너 골라 잡어!"

온지 두 달 밖에 안됐으면서 여기 사회자까지 맡고 있다. 저 인간 친화력만큼은 굉장한 듯했다.

"우리도 가죠. 이런데 대장이 빠지면 안 되겠죠?"

천화는 일어나 혼에게 손을 내밀었다. 뒤에 보이는 달보다 천화의 얼굴이 훨씬 눈부시게 보였다. 혼은 잠시 넋을 잃고 쳐다보다가, 살며시 그녀의 손을 잡았다.

손에서 따뜻한 온기가 전해져왔다. 문득, 지금 잡은 이 손을 놓고 싶지 않다는 생각이 들었다.

❖

모닥불이 꺼지고, 사람들의 미소로 가득 찼던 파티는 끝이 났다. 언제 불타올랐냐는 듯 새벽 찬바람이 혼의 뺨에 달라붙었다.

아직 해가 미로 위로 올라오지 못한 시간. 혼은 홀로 일어나 어제 파티가 벌어졌던 장소를 다시 둘러보았다.

"이렇게 보면 또 어제가 거짓말 같지 않아요? 그렇게 신났었는데."

천화가 어느새 혼의 옆으로 다가와 있었다.

"빨리 일어났네?"

"이제 치워야죠. 집을 더럽게 둘 순 없으니까요."

"너 혼자 사는 집이냐?"

천화는 혼의 질문에 말없이 씩 웃고는 주섬주섬 물건들을 치우기 시작했다.

혼은 천하의 뒤를 따라 먹던 식기들과 땅에 굴러다니는 맥주 캔들을 집었다. 그러고 보니 쓰레기는 도대체 어떻게 처리하는 건지 궁금증이 생겼다. 이런 대인원이 사는 곳이라면 쓰레기도 엄청 나올 텐데 말이야.

"이건 어떻게 하냐?"

"그거 비닐봉지에 넣어서 하나로 만든 다음에, 창고에 넣어 삭제해버리면 되요."

창고에는 삭제기능도 딸려 있었다. 지금까지는 전부 바닥에 버려서 한 번도 써본 적이 없는 기능이다.

청소가 반 정도 끝났을 때 하나 둘 사람들이 일어나 나오기 시작했다.

"어어, 대장님. 저희가 할게요."

그들은 호들갑을 떨며 뛰어와 천화가 가지고 있는 집게와 비닐봉지들을 가져갔다.

혼은 본인의 비닐봉지를 쳐다봤다. 이 녀석들 지들 대장 것만 챙기고 있었다. 혼은 한숨을 쉬고 다시 청소에 몰두했다. 그렇게 사람들이 모이자 정리는 금방이었다.

청소가 끝난 뒤, 혼은 슬슬 지도를 펼쳐놓고 어느 입구로 나가는 게 가장 좋을까 생각했다. 현재 이 공터의 입구와 모양이 같은 지도는 22장. 당연하게도 혼은 이들을 구분해 낼 수가 없다. 보나마나한 지도를 보고 있을 때 천화가 말했다.

"아마, 이 시간이면 3번일 거예요."

천화는 식판을 들고 빙긋 웃었다. 저 멀리서 여자들이 초등학교 급식마냥 한 사람 당 한 접시씩 나눠주고 있었다.

"아침 드실래요?"

"괜찮아, 이제 출발할 거라."

괜히 아침밥을 먹었다가 디저트도 먹고, 그렇게 점심도 먹고, 하루가 지나고. 그러면 인연을 끊을 수가 없다. 인연이라는 것은 칼 같이 자르지 않으면 엉켜버린다.

"무튼 3번일 거예요."

"그건 어떻게 알아?"

"오늘이 미로법칙 9주기로 따질 때 4번째 주기이고, 거기에 시간이 대충 아침 8시니까요."

"뭐? 미로법칙? 주기?"

혼이 의아하게 묻자 다위가 끼어들었다.

"이봐, 대장이 그렇다면 그런 줄 알아. 이래봬도 우리 대장이 초능력자거든."

"아저씨 또 그러신다."

"절대기억 능력이라는 거라고. 들어는 봤어?"

다위는 호들갑을 떨며 말했다.

절대기억이라는 것은 쉽게 말하면 한 번 본건 절대로 잊어버리지 않는 능력이다. 희귀하지만 지구에도 절대기억의 능력자가 몇몇 있다고 들었다.

"진짜야?"

"어…… 말하자면 거창하지만, 기억을 남보다 잘하는 것뿐이에요."

"그 주기라는 것도 대장이 만든 거고, 시간마다 바뀌는 것도 대장님이 만든 걸세. 덕분에 우리는 사냥할 때 지도도 안보고 하지. 어때? 굉장하지 않냐?"

"그러네요. 지도가 필요 없다면 확실히……."

"그러니 여기 그냥 눌러 앉으라니까 그러네. 외롭고 힘든 사람끼리 모이면 서로 좋으면 좋았지, 나쁠 게 어디 있겠어?"

"하하. 아쉽긴 하네요."

혼은 웃으며 완곡히 거절했다.

천화의 능력을 들었을 때, 혼은 다른 관점으로 접근했다. 눌러 앉는 게 아니라 납치를 하면 어떨까 하는. 지도를 보지도 않고 길을 찾다니, 미로에서 그것만큼 필요한 능력이 또 있을까 싶었다.

허나 그럴 수는 없다. 그녀는 이곳의 유일한 대들보였다. 혼이 그 대들보를 빼간다면 이 사람들은 순식간에 무너질 것이다. 게다가 천화의 성격상 사람들을 내버려두지도 않을 것이다. 혼은 입맛만 다시고 일어났다.

"그럼 믿고 3번 지도로 갈게."

3번 지도를 살펴 출발할 곳을 선정했다. 천화와 다위, 그리고 몇몇 사람들이 입구까지 따라와 혼을 배웅했다.

"조심해서 가요. 응원할게요. 아 그리고 혹시 몰라서 그러는 데 아마 중간에 바뀌면 12번 지도일 거에요."

"밥 잘 먹고 다니게나."

천화와 다위가 헤어지기 싫다는 듯 말을 질질 끌었다. 혼은 아쉬움을 보이지 않기 위해 빠르게 고개를 돌려 미로 속으로 걸어 나갔다.

단순히 천화를 못 데려가서 아쉬운 것이지만.

겨우 하루 사람들과 함께 있었을 뿐인데 옆구리가 허전했다. 혼은 살짝은 무뎌진 감정을 다시 잡았다.

그렇게 1시간 정도.

혼자에 익숙해질 때 즈음 혼은 창고를 불러냈다.

아직 못 먹은 아침밥을 처리하려는 것이었다. 혼은 목록을 바라보다 흑소 등심에서 멈췄다. 과연 이 30점짜리 흑소 등심은 사람들이 구운 것보다 맛있을까? 갑자기 궁금해지기 시작했다.

혼은 먼저 총점수를 확인했다. 309점. 한번 먹더라도 그렇게 큰 타격은 없을 점수다.

"그럼 한번 먹어보자."

혼은 흑소 등심을 큰 맘 먹고 구입했다. 접시에 먹음직스럽게 구워진 등심이 포크와 나이프, 그리고 소스와 함께 나타났다.

"음⋯⋯."

혼은 한 입 크게 베어 먹었다. 분명히 맛있다. 그러나 어제 먹었던 만큼은 아니다. 확실히 분위기라는 것도 한몫하는 것 같았다. 요리의 질에서는 사먹는 편이 훨씬 나았지만.

혼은 흑소 등심을 창고에 넣었다. 괜히 비싼 음식을 맛없게 먹을 이유가 없다. 아침부터 스테이크라니, 잘못되어도 한참 잘못된 선택이었다.

그때, 저 멀리서 피 냄새가 불어왔다. 혼은 장검을 꺼내어 허리에 차고 전투준비를 했다.

"인간이군."

괴물들에게는 감정이 없다. 뇌를 찌릿하게 찌르는 이것

은 인간만이 내뿜을 수 있는 악의였다.

악의의 주인은 이내 모습을 드러냈다. 군인처럼 짧게 자른 머리에 근육질 몸매를 뽐내듯 딱 달라붙은 검은 러닝셔츠를 입고 있다.

혼이 어둠속에 존재하는 암살자라면 저자는 전쟁터를 굴러다니던 용병과도 같았다. 그의 몸에는 수많은 사선을 넘나들었다는 것을 보여주는 커다란 상처가 군데군데 나 있었다.

남자는 혼을 바라봤다. 절대적인 포식자만 보여줄 수 있는 눈.

혼은 그가 자신과 같은 훈련된 살인자임을 알아차렸다.

혼은 장검을 만지작거리며 녀석과 눈빛을 나누었다. 장시간 동안의 탐색이 끝나고 남자는 먼저 입을 열었다.

"싸울 건가?"

"그쪽 하기 나름이지."

혼은 남자와 굳이 싸우고 싶진 않았다. 지구라면 모를까 미로에는 각성이란 변수가 존재했다. 현재 혼이 사람을 잡을 만큼 포인트가 급하지 않다는 것도 한몫했다.

"나도 너랑은 별로 싸우고 싶지 않다."

남자도 혼과 같은 생각을 하는 거 같았다.

사선에서 살아온 사람은 강자를 구별하는 후각이 생긴다. 혼과 남자는 서로에게 맛없는 먹이였다.

"그럼 이만 가지. 나는 요 앞에 볼 일이 있거든."

남자는 등을 돌려 앞으로 걸어 나갔다. 기습이라도 당할까 등에 온 신경을 집중하고 있는 것이 느껴졌다.

남자가 시야에서 어느 정도 멀어졌을 때가 돼서야 혼은 경계를 풀었다.

지구에서는 만나본 적이 없는 강자였다. 당연하다면 당연한 일일까. 이곳은 죽지 않고 살아남은 자들은 계속해서 강해질 수 있는 곳이다.

그나저나 볼 일이라. 혼은 남자가 말한 볼일이라는 것이 궁금했다. 그렇게 잠시 생각하던 찰나, 이 앞에 있는 것을 생각해냈다.

……설마.

뭐가 있긴 있다. 이 미로에서 볼일을 본다고 말할 수 있는 곳은 그 공터뿐이었다.

"야, 너 거기 서!"

혼은 몸을 돌려 크게 외쳤다.

남자의 살기는 지나치게 짙었다. 놈은 각성자가 분명했다. 사람을 죽여 얻은 점수로 각성을 한 각성자.

인간은 청괴보다 약하며 모이기를 좋아한다. 몰이사냥은 레벨 업을 하는 가장 쉬운 방법이었다. 공터는 놈 같은 인간 사냥꾼의 사냥터인 셈이다.

"이, 개자식아! 거기 서라는 말 안 들려?"

혼은 장검을 빼들고 남자에게로 달려갔다. 남자는 그제야 내 목소리가 들렸는지 뒤를 돌았다.

"뭐야? 이제 와서 귀찮게."

남자는 특공무술에서 흔히 보던 준비 자세를 잡았다. 그런데 그 순간이었다.

쿠쿠쿠쿠쿵!

사방에서 번개가 치는 듯한 소리가 굉음이 들렸다. 그리고 점점 벽이 움직여 나와 녀석의 사이를 가로막았다. 남자는 그것을 보더니 이내 자세를 풀고 거만한 표정을 지었다.

"망할!"

혼은 있는 힘껏 달렸지만 단단한 벽을 어쩔 순 없었다. 혼은 야속하게 가로막힌 벽을 주먹으로 쳤다.

그때, 천화가 했던 말이 떠올랐다. 미로가 바뀌면 12번 지도를 보라고. 혼은 즉시 창고에서 지도 다발을 꺼내 펼쳤다.

"그래 이거다."

밝게 빛나는 빛 옆으로 벽이 있다. 12번 지도는 현 상황과 같은 모습을 하고 있었다. 혼은 먼저 남자가 천화가 있는 곳까지 가려면 얼마나 걸릴지를 계산했다.

"장난 쳐?!"

공터까지의 길은 거의 일직선이었다.

이러고 있을 때가 아니었다. 혼은 돌아가야 할 길이 멀었다. 혼은 12번 지도에 선을 그리며 가야하는 길을 체크했다. 몇 번을 벽에 막히고 나서야 혼은 제대로 된 길을 찾을 수 있었다.

"제길, 이럴 때는 꼭 안 맞아요."

혼은 곧 바로 뛰기 시작했다.

제발 녀석이 그곳에 가기 전에 내가 도착하기를.

혼은 사실 자신이 왜 공터로 돌아가고 있는지 알지 못했다. 킬러로서 감정은 절제해왔다고 생각했다. 친구, 하룻밤의 우정, 그런 것은 로맨티스트들이 말하는 싸구려 감정이라고 생각해왔다.

하지만 혼은 속으로는 항상 동경해 왔다. 드라마나 애니를 보며 밝게 사는 이들을. 이 미궁은 모든 사람을 어둡게 만들었다. 하지만 그곳은 이 미친 세계의 쉘터였다. 웃고 떠들고, 춤을 추던 사람들. 혼은 그 사람들이 계속해서 밝게 살았으면 했다.

죽은 아버지 얘기를 하던 천화의 표정이 머릿속에 박혀 떠나지를 않았다.

혼은 이를 악물고 속도를 높였다.

그래, 가서 박살을 내 주자. 그리고 무사한지 확인한 다음에, 다시 갈길 떠나는 거다. 혼은 그렇게 자기암시를 걸었다.

"헉헉……."

혼은 공터에 도착했다. 공터에는 매연이 가득했다. 사람들이 와자지껄 떠들던 소리도, 음식냄새도, 노래도, 아무것도 없었다.

혼은 공터 안으로 천천히 발걸음을 옮겼다.

입구에는 익숙한 얼굴이 쓰러져 있다.

다위였다.

다위의 목에서 흐른 피는 이미 바닥에 스며들고 있었다.

다위는 아마 방문객이 온 것을 보고는 제일 먼저 뛰어와 맞아주었을 것이다. 그리고 첫 번째 희생자가 되었을 것이다. 원래 좋은 사람이 먼저 죽는다. 어쩔 수 없는 진리.

다위의 옆에는 아직 따지도 않은 맥주 캔이 뒹굴고 있었다.

혼은 아랫입술을 깨물었다.

안으로 걸어갈수록 아는 얼굴이 좀 나타났다. 오른팔만 큰 휴버트, 천화를 좋아하던 고등학생 꼬맹이.

전부 눈조차 못 감고 죽어있다. 사방은 창고에서 튀어나온 물건으로 가득하다. 그러나 그들의 소소했던 일상을 보여주듯 별 값나가는 물건은 없다. 소설책들, 맥주 캔, 주전부리.

중앙으로 들어가자 저 앞에서 검이 부딪히는 소리가 났다.

"죽어!"

비명과도 같은 여자의 울부짖음이 들렸다. 천화였다.

"넌 좀 하는데? 점수 좀 주겠군."

천화와 싸우는 남자는 역시 아까 본 그 놈이었다. 까까머리에 검은 러닝셔츠. 남자를 살려둔 본인의 잘못이라 혼은 생각했다.

남자는 양손에 하나씩 검을 들고 천화를 몰아 붙였다. 천화의 팔과 다리에는 이미 피가 흐르고 있었다.

전투의 흐름은 완전히 남자에게로 넘어가 있다. 천화는 다리의 상처가 심해 제대로 걷지도 못하고 있었다.

"이제 슬슬 끝내지."

"어이, *까까머리.*"

혼은 장검을 들고 녀석에게 달려들었다. 남자는 천화를 공격하려다 검을 멈추고 혼을 돌아보았다.

그러나 남자의 반응은 늦었다. 혼은 이미 남자의 코앞이었다.

죽어라. 쓰레기.

혼은 검을 내려쳤다. 확실하다고 생각했는데, 남자는 놀라운 속도로 옆으로 몸을 비틀어 피해내었다.

역시 강하다. 상상 이상으로 말이야.

"이 정도면 이제 막 신체 2단계인가?"

"그런 거 안했거든?"

혼은 검을 빙빙 돌리며 말했다.

이럴 줄 알았으면 검술 좀 제대로 배워 놓을 걸 그랬다. 혼은 단검만 죽어라 연습했다. 단검은 너무 짧아 이런 전면전에서는 무기 없이 싸우는 거나 다름이 없다.

남자의 무기는 쌍수검.

혼은 남자의 방어를 뚫기 위해 검을 양손으로 잡았다. 쌍수는 방어에 취약하다. 그걸 힘으로 찍어 누른다는 작전이었다.

"하압!"

혼은 검을 크게 휘둘러 공격했다.

챙! 하는 금속음과 함께 혼의 검이 멈췄다. 남자는 혼의 검을 막아내었다. 양손으로 휘두른 단도를 한 손으로 막았음에도 그렇게 힘들어하는 것 같지도 않았다.

혼은 살짝 당황했다. 완력에서 이렇게까지 차이가 난다는 말인가.

"제길."

"각성초기 단계군. 이 정도 힘으로는 안 돼지."

남자는 혼을 밀쳐내고 목을 공격해왔다. 피하기 어려운 공격은 아니었다.

혼은 바닥을 구르며 천화의 앞을 가로막았다. 천화를 지키는 게 1차 목표였다. 일단 천화를 안전하게 만들어놓으면 싸움도 편해질 것이다.

"센스는 좋네."

남자는 혼보다 강했다. 혼은 그것을 인정했다. 그는 정식 킬러가 된 후로는 처음으로, 싸우는 도중에 패배를 직감하고 있었다.

"혼씨! 여기는 어떻게……."

"쓸데없는 건 나중에 물어보고. 저 자식 왜 이렇게 빨라?"

들기로 신체 2단계 각성이라고 했던 거 같은데, 급이 다르다. 녀석의 힘은 휴버트보다도 강했고, 움직임은 인간의 한계를 아득하게 뛰어넘었다.

"각성을 하면 인간의 한계를 뛰어넘을 수 있어요. 각성을 안 한 혼씨는……."

천화는 말을 잊지 못했다. 그녀는 혼이 질 것이라고 예상하고 있었다.

인간의 한계가 풀린다니, 그런 건줄 알았으면 혼도 진작 그 각성이라는 걸 했을 것이다. 혼의 신체능력은 오래전에 한계선에 닿아 있었다. 한 마디로 혼의 신체능력은 어느 시점부터 제자리걸음이었다.

"일단 도망쳐. 너 미로 길 다 외웠다고 했지. 아마 그럼 도망칠 수 있을 거야."

"그럴 수는 없어요. 저는 여기를 지켜야 해요."

지킬 것은 남아있지 않다. 폐허가 되어버렸고, 살아남은 생존자는 천화를 제외하고 전무했다. 혼은 그녀에게 그 사실을 말할 수 없었다.

"닥치고 도망쳐. 나까지 죽일 생각이야?"

혼은 나지막이 말하고 일어섰다.

"이 녀석은 내가 죽인다. 걱정 마."

그러나 천화는 움직이지 않았다. 이것도 예상하고 있던 바이다. 착해빠진 천화는 혼을 걱정해 혼자 도망치지 않을 것이다.

"너 꽤 히어로 흉내도 낼 줄 아는구나. 네가 그런 놈일 줄은 몰랐는데."

남자는 비열하게 웃으며 말했다.

혼은 냉정하게 생각했다. 저 녀석의 얼굴에 한방을 먹이려면 어떻게 해야 할까. 남은 포인트는 270점정도. 고작 부분각성 한번 하면 끝날 점수다.

"지랄도 가지가지 하네. 내가 너냐?"

"그래서 놀라는 중이야. 넌 나와 닮았다고 생각했거든."

혼은 남자의 말에 고개를 끄덕였다. 맞는 말이다. 남자는 정확하게 혼의 성향을 파악했다. 혼은 절대로 만인의 히어로가 될 수 있는 사람이 아니었다. 하지만 단 한사람의 히어로라면 어떻게든 될 수 있지 않을까.

"닥치고 덤벼. 까까머리."

"나도 그럴 생각이다."

남자는 혼의 말이 끝나기가 무섭게 사라졌다. 그리고 혼이 남자를 찾아냈을 때는 이미 혼의 두 다리가 허공에 떠 올랐다.

퍽!

남자의 발이 혼의 얼굴을 가격했다.

정신이 아득해졌다.

급소를 맞은 것 같았다. 역시 빈틈없는 솜씨였다. 혼은 애써 몸을 일으키려했다. 겨우 무릎으로 일어서는 찰나 남자의 발등이 시야에 나타났다. 혼은 팔을 들어 올려 녀석의 공격을 막았다.

남자의 발은 가드를 뚫고 혼의 턱을 후려쳤다. 혼의 희미한 시야로 이빨이 몇 개 날아가는 게 보였다.

"혼씨! 혼씨!"

천화의 비명소리가 울려 퍼졌다.

혼은 어떻게 해서든 움직이려고 했다. 하지만 충격 때문에 몸이 좀처럼 말을 듣지 않았다.

뭔 짓을 해도 사지가 말을 안 듣는다. 남자는 천화의 머리를 잡고 혼의 앞으로 끌고 왔다.

"이걸 지키려는 거냐? 너 같은 놈이 말이지. 거 재미있는데."

혼을 바라보는 천화가 눈물을 흘리고 있었다. 그 얼굴은 자신의 처지를 슬퍼하는 얼굴이 아니었다. 미안함. 천화의 얼굴에는 도와주지 못해서 미안하다는 표정뿐이었다.

분노에 피가 거꾸로 솟구치는 것만 같았다. 혼은 이 까까머리를 죽이기 위해서라면 악마에게 영혼이라도 팔 수 있을 거 같았다.

남은 수가 뭐가 있던가?

부분각성? 그래 그거라도 해보자.

양 팔이라도, 아니 한 쪽 다리만이라도, 그리고 나중 일은 나중에 생각하자.

"점수 목록."

혼은 점수목록을 빠르게 불러내어 1단계 각성을 눌렀다.

-각성하시겠습니까?-

혼은 속으로 Yes를 연발했다. 어떤 힘이던 지금보다 자신을 더 강하게 만들어줄 수만 있다면 대환영이다.

"이제 끝내볼까?"

남자는 혼을 향해 검을 치켜들었다.

남자의 검이 혼의 목을 향해 낙하하는 순간, 3개의 창이 연달아 혼의 눈앞에 떴다. 그리고 세상은 멈췄다.

-1단계 각성을 스스로 달성하셨습니다.-

-2단계 각성을 스스로 달성하셨습니다.-

-3단계 각성. '신속' -

3단계 각성? 이게 뭔가 싶었지만 혼에게는 생각할 여유조차 없다.

혼은 몸이 엄청나게 가벼워지는 것을 느꼈다. 축 늘어졌던 다리에는 생기가 돌아왔고, 머릿속에는 현재 낼 수 있는 최고의 속도와 그것을 이용한 전투법이 순식간에 정립되었다.

혼은 왼손을 들어 녀석의 검을 쳤다.

마치 멈춘 세상을 홀로 비행하듯 혼의 주먹은 정적과 함께 녀석의 검신에 닿았다. 그리고 이어지는 소닉붐. 음속을 돌파했을 때만 나오는 충격파의 굉음이 사방에 울려 퍼졌다.

퍼엉!

혼의 주변에 있던 모래들이 공중으로 솟구쳤다.

남자의 검은 산산조각이 나 옆으로 날아갔다. 까까머리

놈은 동공이 빠져나올 정도로 눈을 크게 뜨고 혼을 쳐다 봤다.

"5000점 각성……."

혼은 남자의 말을 끝내기도 전에 명치에 주먹을 박아 넣었다.

퍼엉!

두 번째 소닉붐이 울렸다. 혼의 손은 남자의 명치를 뚫고 나와 있었다. 가죽을 뚫고 들어가 내장에 손이 닿는 느낌이 상쾌했다. 지금까지 한 번도 해보지 못한 새로운 살인법에 뼈마디 하나하나가 전율했다.

남자는 피를 토해내며 억울하다는 듯 말했다.

"5000점 각성을 너 따위가 어떻게?"

혼의 점수는 애초에 5000점이 되지 않았다. 빠져나간 것은 고작 100점. 어떻게 된 영문인지는 혼조차 알 수 없지만 중요한 것은 남자는 죽었고, 혼은 살아남았다는 것이었다.

혼은 남자의 배에서 팔을 빼내었다.

-101점 획득. 누적점수 480점.-

남자가 죽자 가방이 나타나 텐트나 침낭, 그리고 음식과 물을 뿜어냈다.

혼은 그것에 신경 쓰지 않고 바로 천화에게로 달려갔다.

"괜찮아?"

천화는 바닥에 쓰러져 눈을 감고 있었다. 맥을 잡아보니 아직은 살아있다. 혼은 창고를 불러내어 그 안에 있는 혈석을 꺼내 천화의 입에 넣었다.

"물 마셔. 빨리."

천화는 정신이 돌아오지 않은 듯싶었다. 혼은 억지로 물을 넣어 그녀가 혈석을 섭취할 수 있게끔 만들었다.

반은 다시 뱉어냈지만 천화는 정신을 차렸다. 그녀는 벌떡 일어나며 급하게 말했다.

"혼씨. 사람들은요?"

"그게 문제야 지금? 너도 죽을 뻔했다고."

혼은 한숨을 내쉬었다. 지금 다른 사람들이 문제는 아니지 않은가. 그럼에도 천화는 곧장 다른 사람들을 확인하려 했다. 혼은 말려보려고 하다 그만 두었다. 어차피 맞이해야 할 비극이라면 빨리 보는 것도 나쁘지 않다.

"혼씨, 생존자는요?!"

천화는 간절하게 혼을 쳐다봤다. 혼은 고개를 절래 흔들 뿐 대답하지 않았다.

혼이 대답을 하지 않자 천하가 다시 한 번 외쳤다.

"생존자는요?!"

"몰라. 찾아봐."

천화가 눈물을 머금은 채 화를 냈고 혼은 무심하게 대꾸했다. 차마 자신의 입으로 생존자가 없다는 말은 할 수가 없었다. 그만큼 천화는 간절해보였다.

"휴버트, 에릭! 싱첸! 살아있으면 대답해봐!"

천화는 사람들의 이름을 외치며 폐허 속으로 달려갔다. 일말의 희망을 가지고 미친 사람처럼 사방을 뛰어다녔다. 그러나 아무것도 없을 것이다. 사람들은 모두 죽었다.

천화는 그 사실을 깨닫고 주저앉았다. 멍하니 폐허만을 바라보는 천화를 향해 혼은 한마디를 건넸다.

"네가 어쩔 수 없는 일이었어."

위로라고 한 말이 이거다. 숱하게 소년만화를 봐온 혼이지만 지금 이 상태에서 무슨 말을 해야 할지 모르겠다.

혼의 위로 같지도 않은 위로에 천화는 버럭 소리를 지르며 대꾸했다.

"뭐가 어쩔 수 없어요! 하나도 못 지켰잖아요. 다 죽었잖아요. 나 때문에. 내가 너무 약해서……."

천화의 눈에서 푸른 눈물방울이 뚝뚝 떨어졌다.

천화에게 이들은 가족이다. 삶의 이유였다. 아버지가 남긴 유일한 것이었다.

그렇기에 혼은 그녀의 슬픔을 알 수가 없다. 소중한 것이 없었던 혼은, 지켜야 할 것이 없었던 혼은 무언가를 잃어버린다는 슬픔을 알지 못했다.

"왜! 도대체 왜! 우리가 뭘 잘못했다고!"

천화가 갈라진 목소리로 하늘을 향해 외쳤다. 그러나 신은 인간의 억울함 따위에는 관심을 가져주지 않는다. 천화는 그렇게 멍하니 하늘을 바라보다 고개를 숙였다. 그리고는 마치 무언가를 결심한 듯 고개를 들며 웃어보였다.

"혼씨, 죄송해요."

혼은 그 미소만 보고도 단번에 알 수 있었다. 그것은 체념이었다. 삶을 포기하는 체념.

"저도 그만 할래요."

천화는 땅에 떨어진 날카로운 돌을 집어 자신의 목으로 가져갔다. 그녀의 움직임에는 한 치의 망설임도 없다.

혼은 본능적으로 움직여 천화의 손을 쳐냈다. 천화는 혼을 멍하니 쳐다보다 고개를 숙였다. 그리고는 힘없는 목소리로 중얼거렸다.

"왜, 왜 막는 거예요? 그냥 죽으면……."

"이 멍청아!"

짜증이 치밀어 올라 혼의 목소리 톤이 올라갔다.

혼은 천화가 좋았다. 여자로서 좋은 게 아니라 천화 같은 인간이 좋다. 누구에게나 상냥하며, 누구에게나 착하며, 솔선수범하고, 능력도 좋고, 그러면서도 시기가 아닌 사랑을 받는 사람.

이런 사람이야 말로 세상에 존재해야 하는 사람이다.

혼은 천화처럼 되고 싶었다. 인생이 꼬이지만 않았으면 누구나에게 인기가 많은 그런 사람이 되었을지 모른다.

천화는 아랫입술을 깨물고 눈물을 떨어뜨렸다. 신음소리가 꾹 다문 이빨 사이로 새어나왔다.

혼은 악에 받쳐 말했다.

"왜 죽으려는 건데? 왜? 말을 해봐. 내가 이렇게 죽을 똥을 싸며 살려놓았는데 왜 죽으려는 건데!"

이러면 안 되는데. 내가 왜 화를 낼까?

혼은 남들처럼 멋진 말은 할 수 없다. 그저 자기만족이다. 천화가 이 역경을 딛고 일어나는 모습을 보고 싶었다.

천화는 마치 모든 것을 포기한 사람처럼 말했다.

"살아서 뭐할 건데요? 내가 이제 살아서 뭘 하냐고요! 아빠도 죽었고, 내 사람들도 다 죽었어요. 내가 살아서 뭐를……."

"그럼 내 허락 맞고 죽어!"

혼의 말에 천화는 입을 다물었다.

"내가 살렸으니까. 내가 널 살렸으니까 내 허락 맞고 죽으라고."

"그게 무슨……."

"너도 남이 죽길 바라지 않아서 그렇게 힘냈던 거잖아. 그런 네가, 널 지켜준 내 앞에서 죽는다는 게 말이 돼?"

혼의 말에 천화는 천천히 굳어갔다. 얇게 떨리던 볼도, 뚝뚝 떨어지던 눈물도, 흐느끼던 목소리도, 모든 것이 멈췄다.

"너 힘들었잖아."

그래봤자 20살의 여자다. 대학에 입학했다며 기뻐하고, 공부보다는 남자와 패션에 더 관심이 많을 나이. 한국에 있었다면 학교 캠퍼스에서 여신 취급을 받으며 명품 백 하나씩은 선물 받았을 예쁜 여학생.

이 세상은 그녀에게 있어 지옥이었을 것이다. 유일한 피붙이인 아빠가 죽었을 때는 따라가고 싶었을 것이다.

그러나 그녀는 버텼다. 아빠의 유언을 따라 지금까지 사람들을 보호하기 위해 노력해왔다.

비록 그 노력을 알아주는 이 하나 없지만 그녀는 해냈다.

"그러니까 이젠 내가 지켜줄게."

"흑, 흐윽, 하아……."

천화는 끅끅거리며 숨을 몰아쉬었다. 혼은 그런 그녀에게 마지막 한마디를 건넸다.

"울어도 돼."

천화는 흐느끼며 내게 안겨왔다. 혼은 그런 그녀를 꼭 안아주었다.

이렇게 하는 게 맞겠지.

혼의 품 안에서 천화가 아빠를 부르는 소리가 들렸다. 뭐, 내가 아빠 대신이라는 건가.

한참이 지났다. 혼의 옷을 온통 적신 천화는 부끄러운 듯 얼굴을 붉히며 일어났다. 그녀는 눈물을 털어내며 억지로 미소를 보여주었다.

"도와주실래요?"

혼은 고개를 끄덕였다. 천화는 사람들의 시신을 하나 둘 모아 그나마 가장 깨끗한 땅으로 가져갔다. 시신이 자그마치 100명이 넘는지라 상당한 중노동이었다.

사람들을 쭉 눕힌 천화는 그 앞에 절을 하며 말했다.

"죄송합니다."

그렇게 인사를 한 천화는 씁쓸하게 나를 보며 억지미소를 지었다.

"이제 가죠."

천화는 미련 없이 일어났다. 아니, 자신의 다리를 잡는 망령들의 손을 억지로 뿌리치는 것만 같다. 혼은 손에 든 캔 맥주를 따며 고개를 끄덕였다. 그러자 천화가 의아하다는 듯 말했다.

"그건 어디서 났어요? 우리가 만든 건데."

뭐야, 이것도 만든 거였어?

"어 이거?"

혼은 씩 웃으며 턱으로 쓰러져 있는 다위를 가리켰다.

다위의 옆에는 혼이 놓은 캔 맥주가 놓여 있었다.

"아저씨가 하나 주더라."

그냥 뺏어 먹는 거지만. 죽은 사람한테 술이 무슨 필요
있겠어.

혼은 시원하게 맥주를 들이켜고 캔을 뒤로 던졌다. 빈
캔 안에 마지막 인사도 남겨놓았다. 당신들 대장은 지켜
주겠노라고.

NEO MODERN FANTASY STORY & ADVANTURE

메이즈
헌터

4

Maze Hunter

4

길을 나선지 벌써 일주일. 천화는 조금씩 안정을 되찾아가고 있었다. 매일 밤 악몽을 꾸는지 비명을 지르며 일어나기가 일쑤였다.

혼은 그녀를 그냥 내버려두었다. 꿈은 인간의 정신을 정화하는 작용을 한다. 결코 떠올리기 싫은 장면을 반복적으로 주입하면서 마음의 평정상태를 되찾고자하는 심리작용이었다.

악몽과 싸우는 동안 천하는 한 번도 힘들나는 내색을 하지 않았다. 그녀는 이 지옥 같은 미궁에서 생존할 자격이 있었다.

"날이 추워지는 것 같은데?"

혼과 천화는 갑자기 쌀쌀해진 날씨 때문에 같은 문양의
점퍼를 구입해 입었다.

한 걸음 한 걸음 걸을 때마다 온도가 점점 내려가는 것
만 같다. 하늘은 퍼렇고, 찬바람이 쌩쌩 불어왔다.

혼은 옷깃을 여미며 투정하듯 말했다.

"거 날씨 한번 지랄 맞네."

"미로의 날씨는 여자를 닮았으니까요."

"하긴. 여자들 성격이 지랄맞기는 하지."

"아뇨! 제 말은 섬세하다는 뜻이에요!"

천화는 어이없다는 듯이 버럭 외쳤다. 혼은 미소를 지
었다. 저런 살아있는 표정을 보는 것이 얼마만인가 싶다.

"그런 선입견 때문에 혼씨가 인기가 없는 거예요. 완전
말도 안 돼."

"내가 인기가 없다는 것도 선입견 같다만."

"이건 같이 다녀보고 분석한 결과에요. 혼씨는 여자 경
험 없을 것 같아."

……마음대로 단정 짓진 말아줘.

이 미로는 어떻게 되먹은 구조인지 지역마다 날씨가 제
각각이었다. 좀 과장해 말하자면 동네 하나를 경계로 동
쪽은 사막, 서쪽은 남극이라고 할 수 있다.

저녁이 되었다. 달이 없으면 한치 앞도 보이지 않는 곳
이었기 때문에 혼과 천화는 야숙을 할 준비를 했다.

"사 먹자."

"안 돼요. 만들어 먹어야죠."

"그럼 내가 만들게."

"에이, 제가 만들게요. 저 요리 좋아해요."

텐트를 핀 혼과 천화가 티격태격 말싸움을 하는 이유가 있다.

천화와 함께 다닌 첫 3일은 요리를 하지 않고 그냥 다 사 먹었다. 혼은 요리를 못하고, 천화의 상태도 도저히 재료를 사 해 먹을 상황이 아니었기 때문이다.

문제는 천화가 회복을 하고 나서 벌어졌다.

"제가 할게요!"

천화가 돌연 그렇게 밝혔다. 며칠 식사를 얻어먹었다고 위축될 그녀가 아니지만 인간에게 끼니란 평생을 함께 해야 하는 행사였다.

재료를 구입해서 직접 요리를 하면 포인트를 아낄 수 있다. 혼은 감격했다. 딱히 속마음을 내색하지 않아서 몰랐는데 천화 자신도 공생관계를 유지하기 위해 이것저것 생각을 하고 있는 모양이었다.

혼은 천화의 음식 솜씨가 그리 좋지 않다는 것을 알면서도 요리를 시키지 않을 수 없었다. 혼의 실력이라면 한 명 정도 먹여 살리는 거야 일도 아니지만, 가축을 키우는 게 아닌 이상 공생관계는 유지되는 게 좋다.

다만 그것이 음식이라 부를 수 있는 것이라면.

"이게…… 그러니까 이게……."

혼은 천화가 구워놓은 고기를 망연하게 바라볼 수밖에 없었다. 같은 생각을 했는지 천화가 붉어진 얼굴로 볼을 긁적였다.

"좀 탔어요."

"그런…… 것 같네."

"죄송해요. 사실은 많이 탔어요. 대신에 탄 부분은 제가 먹을 게요."

천화가 눈을 질끈 감으며 기어들어가는 목소리로 말했다. 그릴의 화력이 예상보다 훨씬 강했던 모양이다.

혼은 단도를 꺼내 타버린 부분을 신속하게 제거했다.

"탄 고기에는 발암물질이 들어있다고. 이제 먹자."

요리는 엄마에게서 배우는 것이다. 킬러가 아니라면. 아빠밖에 없었던 천화가 요리에 서투른 건 당연한 것이라고 볼 수 있었다.

"어이, 거기 둘!"

이제 막 잘 구워진 고기를 먹으려는 그때 미궁의 모퉁이에서 일단의 무리들이 걸어왔다.

서른 명이 넘는 인원이었다. 선두는 금발머리에 재수 없게 생긴 양키였다. 영화라도 찍다온 듯 은색 갑옷을 아래위로 빼입고 있었다.

디자인이 약간씩 다르다뿐이지 다들 입고 있는 갑옷이 비슷했다. 망토에는 하나 같이 숫자 3이 큼지막하게 적혀 있었다.

"꺼져라. 거치적거린다."

양키는 재수 없는 얼굴에 어울리는 말투를 자랑했다. 혼은 자리에서 일어나 벽 쪽으로 비켜섰다.

천화는 혼이 그럴 줄 몰랐다는 듯이 의아하게, 하지만 대견하게 쳐다봤다. 혼은 감정을 차단하고 상대를 보고 있었다. 감정을 죽였을 때 상대의 감정이 비로소 보이는 법이다.

양키는 피식 비웃음을 지으며 걸어갔다. 도발도, 경계도 없는 반응이었다.

혼은 놈의 이마에 큼직하게 가상의 도장을 찍어주었다. C급? D급? 아니, 폐급이었다. 무리들이 사라지고 난 뒤에야 천화의 안색이 돌아왔다.

"휴우. 뭐 저런 건방진 사람이 다 있담? 그래도 잘 하셨어요. 이럴 때는 참는 게 이기는 거죠. 의외로 혼 씨에게 부드러운 부분도 있네요."

"하하! 그건 정말 심각한 오핸데?"

"네? 그럼 왜 순순히 비켜준 거예요?"

"흐음. 일종의 직업병이 아닐까? 예를 들어 갱들은 상대방이 시비를 걸면 절대로 피하지 않아. 눈만 마주쳐도 달려가서 물어뜯는 거지. 하지만 킬러는 달라. 우리는 음지에 살고, 정체가 노출되어서는 안 되니까. 만약 누군가를 죽여야 한다면 나는 가장 먼저 이걸 떠올릴 거야. 어떻게 하면 저 자식이 죽는지도 모르게 죽일까?"

천화의 얼굴이 무리를 만났을 때보다 더 창백해졌다. 혼은 천화에게 미소를 지어줄 뿐이었다. 충분히 이해가 되는 반응이다.

갱들은 원하는 것을 얻어내려는 수단으로 죽음을 이용하지만 킬러에게 죽음은 목적이다. 그렇기에 보통 사람들은 이런 말을 들었을 때 더 차갑고 더 현실적으로 죽음을 떠올리게 된다.

고기를 먹어 치울 무렵 천화가 손을 앞으로 내밀었다. 그와 동시에 혼의 콧잔등으로 물방울 하나가 뚝 하고 떨어졌다. 그녀가 말했다.

"비와요."

"하이고."

드디어 미뤄뒀던 텐트를 살 타이밍이 찾아왔다고 혼은 생각했다.

천화가 옆에 펼친 텐트는 혼의 허름한 녀석과는 차원이 다른 자태를 뽐냈다. 딱 봐도 방한은 기본이요, 방수에 방음까지 될 거 같은 느낌이 들었다.

혼은 주거목록을 만들어 자신의 점수로 구입을 할 수

있을만한 것들을 찾았다. 혼이 가지고 있는 점수는 510점, 이왕 뽑는 김에 천화가 가지고 있는 것보다는 좋은 걸 살 생각이었다.

혼은 무려 100점이나 주고 안락한 텐트를 구입했다. 제법 튼튼한데다 방수도 확실하고, 보이는 것보다 안이 넓었다. 게다가 원 플러스원으로 딸려오는 보온 매트리스까지.

"비싼 거 사셨네요."

"그래. 노숙자 중에서는 최고 갑부지."

천화는 입을 가리고 웃었다. 그러다가 문득 떠올랐는지 미안한 눈빛으로 말했다.

"저도 좀 보태야 하는 건데."

"됐어. 난 결혼해도 공동명의는 절대 안 해줄 거거든."

천화가 푼돈에 미안할 이유는 없다. 킬러의 두뇌라는 건 24시간 꺼지지 않는 컴퓨터와 같기 때문에 혼은 편하게 누워있는 지금에도 여러 가지 계산을 하고 있었다.

어둠의 세계에서 정보는 목숨만큼이나 중요하다. 물론 정보가 식칼을 들고 내 배를 찌르지는 않지만, 누군가에게 배가 찔린다면 십중팔구는 그 사실을 미리 인지하지 못해서일 것이다.

천화는 미궁의 내비게이션이자 절대기억의 소유자였다. 인간미가 없는 생각이라는 건 알고 있지만, 살아남기 위해서는 어느 정도 그녀를 무기로 써야할 날도 오게 될 것이다.

텐트에 들어가자 세상이 샤워소리로 가득 찼다. 폭우가 세차게 텐트를 두들겼다. 혹시 떠내려가는 건 아닐까 걱정이 됐다. 옆에서 웬 모기가 앵앵대는 소리가 들려왔다. 천화의 말소리였다.

"뭐?"

"혼씨!"

"잘 안 들려!"

"혼씨. 고마워요!"

비가 와서 감수성이 터졌나? 일단 듣기 좋은 말이었기 때문에 혼은 고개를 끄덕였다.

"그래."

"왜 고마운지 안 물어봐요?"

"왜 고마운데?"

"몰라요. 안 말할래요."

혼은 텐트 너머를 쳐다봤다. 혼의 멍한 표정을 본 것처럼 천화의 웃음소리가 들렸다.

"그냥 복수도 해줬고, 같이 데리고도 다녀주고, 챙겨도 주고. 좋은 사람이네요. 혼씨는."

"나 닭살 돋는 거 같아."

"좋은 말을 해줘도 참."

혼의 대답에 천화가 투정을 했다. 분명 입을 오리마냥 쭉 내밀고 있겠지.

약 30분 뒤, 비는 그쳤다. 아무래도 소나기였던 모양이다. 다행히 텐트 안이 물바다가 되는 일은 일어나지 않았다. 밖으로 나온 천화의 약간 얼굴은 약간 상기되어 있었다. 천화는 혼과 눈이 마주치더니 왠지 서두르는 듯이 말했다.

"땅이 마를 때까지 좀 걸을까요? 당장 자기엔 그러니까."

"아니, 난 안락한 것을 사서 괜찮을 걸. 매트리스도 있더라고."

"오늘 밤이 지나면 다시 미궁이 모양을 바꿔요. 지금 가는 게 좋을 걸요?"

천화는 내 팔을 잡아끌었다.

보름달이 다시 모습을 드러내 시야에는 문제가 없었다. 비온 직후라 공기도 상쾌하고, 걷기 나쁘지 않은 날씨였다.

미로에서는 처음 내리는 비였다. 여기도 생명이 사는 공간이란 것인지, 비에 젖은 풀냄새가 싱그러웠다.

"그나저나 아까 그 놈들은 뭐냐? 서른 명이나 몰려다니네."

"아마도 길드가 아닐까요?"

"길드?"

"광룡단 같은 거 못 들어보셨어요?"

"너 무협 좋아하냐?"

"제가 지은 이름이 아녜요."

천화는 억울한 듯 항변했다.

"어쨌든 단체라는 말이죠. 다른 말로는 클랜, 길드, 파티, 뭐 자기 마음대로 부르죠."

"그렇구먼. 그래서 그 길드라는 녀석들은 항상 그렇게 몰려다니냐?"

"단체 사냥을 가는 거일 거예요. 미로에는 꽃 거미나 인면조보다 강한 애들도 널려 있거든요."

라비린스 기초 상식만 보더라도 꽃 거미나 인면조는 최초의 미로에 나오는 중간급 괴수일 뿐이라 적혀있다. 전체적으로 보면 초심자용이라고 보아야 옳다.

혼이야 신체각성 3단계를 달성해 혼자서도 괴수들을 사냥하고 다녔지만, 그것은 어디까지나 최초의 미로에서나 먹어주는 수준에 지나지 않을 것이다.

"강한 애들은 점수도 많이 주겠지?"

라비린스 기초 상식에도 각 괴수들이 주는 정확한 점수는 나와 있지 않다. 아니, 괴수에 대한 정보 자체가 제대로 된 게 없었다. 대부분 어디서 소문으로 들은 걸 옮겨놓은 듯한 문구뿐.

"많이 주겠죠? 저도 만나본 적은 없네요."

"이름이 오버로드라는 녀석도 있다던데."

"맞아요. 기초 상식 열심히 읽으셨네요. 특징도 기억하시죠?"

"아니, 이름도 겨우 알겠는데."

"피."

천화는 삐죽 입을 내밀었다.

"어이, 내가 정상이라고. 네가 비정상이지. 세상에 누가 책을 한 번 보고 다 외워?"

"그래도 목숨이 달린 건 체크해둬야죠. 오버로드와는 절대 싸우지 말라고 적혀 있었었잖아요."

"그랬었나?"

오버로드는 이 미로의 주인이라고. 보는 순간 도망쳐라. 너희가 어떻게 할 수 없다던가. 라비린스 기초 상식은 그렇게 경고했다. 그렇게 무시무시한 경고를 늘어놓을 거면 어떻게 생겼는 지나 가르쳐주던가. 그런 기본적인 정보도 존재하지 않았다.

그렇게 잡담을 하고 있을 때였다. 갑자기 묵직한 진동이 지면을 울렸다. 앞에서 사람들 여럿의 비명소리가 들려왔다. 혼과 천화는 즉시 창고를 소환하여 무기를 꺼내 들었다.

무기를 장비하고 백 미터쯤 전진하자 마치 거대한 코뿔

소와 같은 검은 실루엣이 눈에 들어왔다. 사람들은 양 팔을 허우적거리며 이쪽으로 도망치고 있었다.

"뭐, 뭐에요?"

"나도 처음 봐."

혼은 미간을 찌푸리며 앞을 쳐다봤다.

도망쳐오는 자들은 방금 전에 보았던 카사노바와 그의 부하들이 분명했다.

"아까 그 녀석들인데?"

혼은 혀를 내밀어 입술을 적셨다.

가는 날이 장날이라더니.

저 코뿔소 같이 생긴 것이 바로 그 녀석이었다.

미로의 지배자, 오버로드.

혼은 누가 알려주지도 않았음에도 저것이 오버로드라는 것을 깨달았다. 압도적이고, 폭력적이며, 장엄하기까지 한 그 생명체는 발이 느린 미개한 사람들을 뭉개버리며 포효하고 있었다.

가장 먼저 보인 면상은 나에게 비키라고 했던 카사노바였다. 그는 대장인 주제에 가장 앞에서 도망치고 있었다.

"혼씨, 도, 도와줘야……."

천화는 차마 도와주자는 말이 나오지 않는 것 같았다. 당연한 것이다. 온갖 사지(死地)를 동네 수영장처럼 헤엄

쳐 다니던 혼조차 이건 상식 밖이라고 생각하고 있었다.

"단장!"

안경을 낀 한 흑인 남자가 카사노바를 불렀다.

"단장님이 그냥 가시면 어떡합니까! 가장 각성을 많이 하시지 않았습니까!"

"꺼져! 단장인 내가 살아야 우리가 산다!"

"뒤쳐진 단원들은 전부 죽어가고 있습니다!"

흑인은 격앙되어 외쳤다. 얼마나 열이 받았는지 그 검은 얼굴이 폭발직전의 화산처럼 붉게 부풀어 올랐다.

"그럼 죽으라 그래."

뭘 그런 걸 물어보냐는 듯이 카사노바는 앞으로 달려나갔다. 남겨진 흑인은 없는 머리를 쥐어짜더니 왔던 길을 역행해 오버로드로 향했다.

혼은 흑인을 보며 고개를 갸웃했다. 카사노바는 어차피 쓰레기로 확정이지만 지금 상황만 놓고 보자면 인간적이라고도 할 수 있었다.

그런데 흑인은 동료를 구하기 위해 오버로드로 방향을 틀었다. 효율적이라고는 할 수 없지만 최소한 신뢰할 수 있는 인물이다.

그에게서 정보를 얻을 수 있을 것이다. 오버로드와 싸우는 건 수지에 확실히 안 맞는 장사지만 저런 용기를 가진 자를 찾아 헤매는 것도 고역이다.

"한정판 프리미엄이라는 건가?"

"네? 한정판이요?"

"다친 사람들 수습하고 있어. 잠깐 갔다 올 테니까."

"혼씨!"

혼은 천화의 목소리를 뒤로 하고 달려갔다. 흑인은 꽤
나 빨라서 어느새 오버로드의 지척까지 전진해있었다.

그럼에도 속도가 줄지 않는다. 신념이다. 효율의 반대
말이었던가? 혼에게는 수 십 광년은 먼 단어였지만, 그런
사람이 싫지만은 않았다.

달빛 아래 오버로드의 모습이 선명하게 보였다. 오버로
드는 코뿔소가 아니라 트리케라톱스를 더 닮은 것 같았
다.

둘러싸는데 성인 네 명은 족히 필요할 것만 같은 두 께
의 다리와 철판을 오려붙인 듯한 몸통. 머리통에는 뿔이
굴삭기의 드릴처럼 나선형으로 솟아있었다.

"쿠어어어어어!"

오버로드는 숨을 크게 들이마시며 포효를 내질렀다. 사
람의 얼굴 크기의 침방울이 슬로우 모션으로 날아왔다.

"미친."

혼은 고개를 숙여 피한 뒤 녀석에게로 달려갔다.

"어이, 흑인! 정신 차려라."

흑인은 침에 맞아 자빠져있었다. 이 정도도 못 피하면

서 왜 나선 것일까. 혼은 그를 일으켜 세웠다.

"크윽, 누, 누구?"

흑인은 고개를 절레 흔들며 일어나다 혼을 보며 말했다.

"아까 길 비켜준 사람이다."

혼은 간단하게 소개를 끝냈다. 지금은 여유롭게 통성명이나 할 시간이 없었다.

"시선을 끌어. 죽지만 말고."

"뭘 어쩌려는 거냐?"

"닥치고 시키는 대로 해. 네 새끼들 다 죽일 거냐?"

혼은 발목을 삐어 한쪽 다리를 질질 끌고 가는 놈을 가리키며 말했다. 그 외에도 팔이 날아간 녀석, 누군가를 업고 가는 녀석 등 아직 많은 인원이 안전거리를 확보하지 못했다.

"춤을 추던 뭘 하던 가서 시선을 끌라고. 그럼 한 방 먹여줄 테니."

혼은 저 오버로드의 눈알을 도려낼 생각이었다. 저렇게 단단하게 생긴 놈은 눈을 공략하는 걸로 정해져있다.

"빨리!"

혼은 본능적으로 모든 능력을 끌어올렸다. 오버로드가 반응하기도 전에 달려 들어가야만 했다. 혹시나 저 뿔에 치이기라도 한다면 두 번의 기회는 오지 않을 것 같았다.

흑인은 혼과 오버로드를 번갈아 돌려보더니 훌러덩 바지를 내리고 엉덩이를 때렸다.

"여기다 이 개새끼야!"

"쿠아아아!"

오버로드가 열 받은 듯 소리쳤다.

다행히 도발이 잘되는 성격인 듯싶었다.

혼은 최대속도를 내며 오버로드를 향해 달렸다. 혼의 몸은 마하의 속도를 넘어 하얀 날개를 달았다.

펑!

귀를 찢어버릴 듯한 소닉붐과 함께 혼은 오버로드의 얼굴에 안착했다. 혼은 장검을 망설이지 않고 오버로드의 안구에 쑤셔 넣었다. 예상대로 눈은 비보호 지역이었다. 혼은 검신을 뿌리 끝까지 오버로드의 눈에 박아버렸다.

"크아아아!"

이제부터가 문제였다. 눈알은 항상 쌍으로 달려있는 법이니까.

혼은 거칠게 검을 휘저은 뒤 뽑아냈다. 그리고 반대편 눈알로 뛰어가려는 찰나, 오버로드가 고개를 돌리며 날카로운 뿔을 디밀었다.

"제길."

혼은 장검을 들어 겨우겨우 그것을 막아냈다. 막기는 했지만, 몸은 이미 공중을 훨훨 날고 있었다.

갈비뼈가 두 대는 나간 것 같았다.

혼은 벽에 부딪히기 전에 몸을 비틀어 다리로 착지했다.

신속.

신속이라는 능력은 마하의 속도에도 몸이 버틸 수 있도록 신체를 강화시켜주었다.

다리가 스프링처럼 오므려졌다가 다시 펴졌다. 혼은 반탄력을 얻어 미사일처럼 다시 녀석에게로 날아갔다.

"고맙다!"

혼은 녀석의 남은 눈에 검을 꽂았다. 보이지 않으면 싸울 수도 없을 테니까 오버로드의 급소를 찾아 검을 박아넣기만 하면 된다.

하지만 상황판단에 약간의 오차가 생겼다. 눈이 없는 오버로드는 혼이 어디에 있는 지도 모르기 때문에 반대방향으로 멀어지기 시작했다.

멀어지는 오버로드를 보며 혼은 허탈한 웃음을 터뜨렸다. 돌진하는 척 도망치고 있다.

모르긴 해도 포인트 덩어리일 텐데. 천화가 달려오고 있었다. 목소리에 울음기가 섞였다. 하지만 신경 쓰지 않고 흑인을 돌아보았다. 부디 저 한정판이 갈비뼈 두 대만큼의 가치가 있기를 바랄 뿐이었다.

혼과 천하는 흑인을 따라 그들의 아지트에 도착했다. 흑인에게 용무가 있기도 했지만, 최소한 치료만큼은 남의 돈으로 해야 한다는 생각이었다.

　응급치료를 끝내자 천화가 천막의 입구를 걷으며 들어왔다. 눈물이 그렁그렁한 게 금방이라도 울 듯했다.

　"정신이 좀 드세요?"

　"괜찮아. 못 움직일 정도는 아니야. 어디 갔다 온 거야? 뭐 좀 알아냈어?"

　천화가 자신 있게 고개를 끄덕였다. 혼은 천화가 정보를 알아봤을 것이라 생각했다. 천막 밖에서 눈물이나 질질 짜고 있을 파트너라면 처음부터 데리고 다니지도 않았을 테니까.

　"이곳은 제 3 기사단의 베이스 캠프에요."

　"제 3 기사단?"

　"혼씨가 구해준 사람들의 조직명이에요."

　굉장히 촌스러운 이름이었다. 그래서 망토에 3이라는 숫자를 달고 다녔던 것일까.

　"저에게 듣는 것보다는 그쪽에서 직접 이야기 하고 싶데요. 제가 불러올게요."

　천화는 밖으로 나가더니 익숙한 얼굴을 데리고 들어왔다.

"몸 상태는 조금 어떤가?"

바지를 깠던 그 흑인이 들어왔다. 옆에는 천화가 뭐가 좋은지 실실 웃으며 말했다.

"혼씨, 여기는 벤지 씨에요."

"벤지라고 한다."

벤지는 그렇게 말한 후 90도로 고개를 숙인 뒤 일어나며 말했다.

"일단 고맙다고 인사를 해야겠지. 덕분에 다들 안전하게 대피할 수 있었다."

"다는 아닐 텐데."

혼이 본 시체만 셋이었다. 벤지는 씁쓸한 얼굴로 말했다.

"최대한이라고 해야겠지."

벤지는 혼의 앞에 앉았다. 혼은 그런 그에게 퉁명스럽게 말했다.

"너희 단장이라는 놈은 뭐하냐? 생명의 은인이 깨어나셨는데."

"미안하군. 단장님께서는 업무과계로 바쁘셔서……."

"됐다. 알만하네. 인사치레는 필요 없고, 물어보는 말이나 잘 대답해줘."

"당연히. 퍼스트 마스터의 부탁인데 영광으로 알지."

"퍼스트 마스터? 그게 뭔데?"

혼이 되묻자 녀석이 웃었다.

"당신이 퍼스트 마스터지."

"그러니까 그게 뭐냐고."

천화가 설명했다.

"신체적 능력을 전부 각성한 사람을 퍼스트 마스터라고 해요. 두 번째인 무기적 능력을 전부 각성하면 세컨드 마스터. 뭐 이런 식이죠."

"아, 그래서 내가 퍼스트 마스터?"

"네, 그렇죠."

천화가 고개를 끄덕였다.

"진짜 몰랐던 건가? 퍼스트 마스터는 이곳의 경험이 그리 많지 않나보군?"

"예, 아직 미로에 온지도 얼마 안 됐어요."

"얼마 되지도 않았는데 각성을 이렇게나 했단 말인가?"

흑인은 혼에게 존경어린 시선을 보냈다. 혼은 신경 쓰지 않고 말했다.

"됐고. 너희들은 거기서 뭐하고 있었냐? 약한 것들이."

"우리 제 3 기사단은 오버로드를 잡으란 명령을 받았다."

저번에 봤던 인원만 얼핏 30명이었다. 게다가 명령을 받았다라는 단어로 유추할 때 제 3 기사단은 생각보다도 큰 조직일 것이다.

"걸을 수 있겠나? 일단 가면서 설명을 하지."

밖으로 나오자 여러 사람들이 혼과 벤지를 보며 손을 흔들어주었다. 사람들은 벤지를 향해 한 마디씩 외쳤다.

"형, 오늘은 우리한테 와서 먹어. 맥주 좀 사 놓았으니까"

"어, 저 사람이 퍼스트 마스터인가?"

사람들은 대부분 호의적인 표정이었다. 벤지도 나름 사랑받는 사람인 것 같았다.

의외로 단원들이 혼에게 보내는 관심이 대단했다. 혼은 민망하다는 듯이 뒤통수를 긁적였다. 킬러는 주목받는 데 익숙하지 않다.

혼은 천화에게 슬쩍 물었다.

"쟤들 왜 저러냐?"

대답은 벤지에게서 나왔다.

"최초의 미로에는 퍼스트 마스터가 아무도 없는 줄 알았거든. 게다가 자넨 우리의 생명의 은인이잖나. 뭐 어때? 손이라도 흔들어 주라고."

"근데 지금 어디 가는 거냐, 엉덩이."

"엉덩이? 나를 말하는 건가?"

"너 말고 누가 또 있겠어."

벤지는 뭐라고 말을 하려는 듯 입술을 씰룩이다 말했다. 아무래도 호칭이 마음에 안 드는 것 같았다.

"단장한테 보고부터 해야겠지."

"아, 그 느끼한 녀석?"

"하하. 그래, 그 느끼한 녀석."

벤지는 혼의 말에 낄낄거리며 웃더니 누군가 다가오자 정색했다. 다가 온 것은 큰 덩치의 백인이었다. 190은 넘어 보이는 키에 깔끔하게 밀어버린 머리가 레슬링 선수를 연상케 했다.

"부단장 오셨습니까?"

대머리는 짝 다리를 짚고 껌 같은 걸 씹으며 말했다.

부단장이라. 예상대로 벤지는 꽤 높은 직책에 있었다. 하지만 딱히 대접을 받는 것은 아닌 거 같다.

벤지는 대머리의 태도에는 신경 쓰지 않고 말했다.

"단장님 계신가?"

"들어가시죠."

대머리는 천막을 대충 열며 혼을 힐끔거렸다. 그것이 시기와 질투로 만들어진 눈빛임을 혼은 단번에 알아차렸다. 하지만 혼은 신경을 쓰지 않았다. 저런 시선은 익숙했다.

"그럼 실례하지."

혼이 천막 안으로 들어왔음에도 느끼한 단장 놈은 어린 여자를 옆에 앉혀놓고 뭐가 좋은지 실실거리고 있었다. 경망한 분위기를 칼로 베듯, 벤지는 헛기침으로 존재감을 어필했다.

"혼님이 오셨습니다."

단장은 신경질적으로 휙 벤지를 노려보고는 고개를 돌려 혼을 쳐다봤다.

"아, 깨어나셨군. 아직 몸이 성치도 않을 텐데 뭣하러 여기까지 모셔왔나. 자네가 그러니까 센스 없다는 소리를 듣는 거야. 적당히 보상을 하고 돌려보내 드리게."

"알겠습니다. 허나 아직 오버로드의 사냥이 끝나지 않았기 때문에 밖은 위험하니 조금 더 머물게 하겠습니다."

"마음대로 해."

단장은 귀찮다는 듯 손짓으로 재촉했다. 뭔가 떨어진 지갑을 찾아준 사람 정도의 취급을 받은 거 같았다. 예상은 했다. 카사노바의 멘탈은 처음 만났을 때부터 견적이 나왔었다. 천막을 나서자 벤지는 단장의 행동이 걸렸는지 혼에게 작게 말했다.

"미안하다. 사교성이 좀 떨어지는 분이다. 이해해주길 바란다."

"이해고 자시고, 왜 저런 놈이 단장이냐?"

"인선은 참모장님이 하시기 때문이다."

"그렇다면 문제가 심각한 거 아니야? 너희 그 제 3 기사단이 얼마나 큰지는 몰라도 저런 놈이 단장이라면 1년도 못 버티고 전멸할걸?"

이 세계는 현실과 별반 다르지 않다. 능력 있는 자는 많이 벌고 없는 자는 굶어 죽는다. 밖으로 나가면 전쟁터가 펼쳐지고 안에만 처박혀 있으면 도태된다.

저런 쓰레기가 단장이라면 결국 제 3 기사단도 멸망의 길을 걸을 것이다.

"혼씨, 제 3 길드는 그래도 안 망해요."

천화가 혼의 이야기에 끼어들었다.

"라비린스 기초 상식에서도 나오는 이 세계 7대 길드 중 하나예요. 최초의 미로의 사람들을 아직도 관리하는 유일한 길드이기도 하고요."

"그래, 맞다. 하지만 썩었어."

벤지는 답답하다는 듯 말을 이어갔다.

"제 3 기사단은 '모두의 생존' 이라는 슬로건을 내걸고 있지. 그래서 최초의 미로에도 길드가 있는 거야. 다만 관리가 제대로 된다고는 할 수 없지."

고인 물은 썩기 마련이다. 제대로 생각이 박히고 실력이 있는 놈들은 저 멀리 미로 어딘가에서 고군분투 중일 것이다.

호랑이가 없는 곳은 여우가 왕이다. 벤지처럼 마인드가 제대로 박힌 사람보다 저 단장처럼 뺀질뺀질한 녀석이 남의 비위를 잘 맞춰 자리를 차지할 가능성이 높다.

이건 역사만 봐도 알 수 있는 사실이다. 인간은 전부 거기서 거기. 아직 발전을 제대로 하지 못했다.

"뭐, 몸을 좀 쉬다가 가도록 해. 이번 오버로드는 두 눈을 잃어서 우리끼리라도 어떻게 할 수 있을 테니"

"그럼 섭하지."

혼은 벤지의 말을 끊었다.

"기껏 실명시켰는데 손 털고 가라고? 그놈은 내 사냥감이야."

벤지는 혼의 말에 난감한 듯 머리를 긁적였다.

"그게 제 3 기사단은 단원을 제외한 사람을 레이드에 끼지 않는다."

"아까 단장 말 못 들었어? 적당한 보상을 해준다며? 레이드에 끼게 해줘. 그게 내 요구사항이다."

오버로드라는 생물이 몇 점을 주는지, 왜 오버로드라는 명칭이 붙었는지 혼은 아무것도 모르고 있었다.

하나 확실한 건 오버로드는 무지무지하게 강했다. 자신이 목숨 걸고 달려들어 장님을 만들었는데, 그걸 본인이 마무리 하지 않으면 누가 하겠다는 것인가. 혼은 그런 손해 보는 장사는 하기 싫었다.

게다가 어차피 맞부딪혀야 할 상대라면 이군이 있을 때 싸워보고 싶다. 그게 혼이 제 3 기사단을 도와준 이유이기도 했다.

"음, 일단 말은 해보지."

"아니, 엉덩이. 넌 무조건 해야 돼."

혼은 단호하게 말하곤 몸을 돌렸다.

❖

천화는 미간에 내 천(川)자를 그리고 앙상해진 젠가를 쳐다보고 있었다. 젠가란 직사각형의 조각들로 타워를 쌓은 뒤, 그 조각을 순서대로 하나씩 빼내는 게임이다. 먼저 탑을 쓰러트리는 쪽이 패배한다.

이미 탑은 위태로웠다.

"이름이나 써. 이거 과학적으로 불가능한 각이다."

"조용히 좀 해봐요. 할 수 있을 거 같으니까."

"그냥 쓰면 안 되고 꼭 엉덩이 쭉 빼서 써야 하는 거 알지? 자 빨리 써라."

"변태."

천화는 눈을 치켜뜨며 말했다.

"이봐, 혼! 안에 있나?"

벤지가 특유의 저음을 내며 들어왔다. 동시에 천화가 깜짝 놀라며 테이블을 쳤다. 위태롭던 목탑은 산산조각이 나버렸다.

"어머, 이거 무효네요."

"무효 같은 소리 하고 자빠졌네. 일부러 그랬잖아, 너!"

천화는 혀를 살짝 내밀고는 벤지에게 물었다.

"어떻게 되었어요?"

"단장이 다시 얘기를 해보고 싶단다."

"차라리 잘 됐군. 밤까지 기다릴 필요는 없어서."

혼의 말의 의미를 깨달은 천화의 얼굴이 핼쑥해졌다. 암살은 일을 처리하는 데 있어 아주 쉽고 극단적인 방법인 것을 그녀도 알고 있었다.

단장의 천막에는 대머리를 비롯해 나이 먹은 백인이 한 명 더 앉아 있었다. 혼은 대충 비어있는 자리에 앉아 원탁 위로 다리를 올렸다. 천화가 놀랐으나 이내 평정심을 되찾았다. 이런 상황에서는 강하게 나가야한다는 걸 알고 있기 때문이었다.

혼은 벤지에게 시선을 돌렸다.

"저 할배는 누구냐?"

"오래전부터 최초의 미로 제 3기사단의 참모장을 역임하고 계신 분이다. 여기서는 제일 높다고 보면 돼."

한마디로 저 이상한 단장과 한통속인 기득권이라고 볼 수 있었다. 둘이 무슨 얘기가 오고 갔는지는 모르겠으나 이 사태를 만든 주역 중 하나라는 말이었다.

"보자고 했다면서. 뭔 일이냐?"

혼의 태도에 단장의 심기가 불편해 보였다. 옆에 앉아 있던 대머리는 주먹을 꽉 쥐고 일어나며 혼에게 말했다.

"당장 그 다리를 내리지 않으면 평생 무릎으로 걷게 해 주지."

"해볼 테면 해봐. 그 머리를 떼다가 전구로 써 줄 테니까."

저급한 협박이지만 혼은 본인의 대사가 마음에 들었다. 폐급에게 해줄 수 있는 위협은 이 정도가 딱 적당했다.

단장을 비롯한 나머지 두 명의 인상이 구겨졌으나 발을 내리라는 말은 다시 나오지 않았다. 조직의 위세를 믿고 있을 뿐 놈들의 무력은 강하지 않다는 증거였다. 허세조차 떨지 못한다는 건 협상가로써도 빵점이었다.

"자 그러면 할 말 해봐."

기세를 제압하기를 포기했는지, 단장의 옆에 있던 다부진 얼굴의 할배가 입을 열었다.

"퍼스트 마스터라고 들었다. 소속 된 길드가 있나?"

"없어, 무소속이야."

"놀랍군."

"왜? 무소속이면 안 되나?"

"그 반대다. 길드 소속이었다면 껄끄럽다고 해야겠지."

"그럼 참가시켜 주는 건가?"

"경우에 따라서는."

할배가 확답을 주지 않자 벤지가 안절부절못하며 말했다.

"아무리 시력을 잃었다고 하더라도 2성 오버로드는 우리 힘만으로는 벅찹니다. 1성과는 완전히 차원이 다른 걸 확인하지 않으셨습니까?"

그 말을 들은 할배의 표정이 굳는다.

"오버로드가 2성이었소? 단장."

"아, 뭐 그랬죠. 하지만 괜찮습니다. 눈이 멀었으니까 저런 자의 도움이 없어도 충분할 겁니다."

혼은 자신도 모르게 웃음이 터트렸다. 직접 상대해본 오버로드의 내구력은 놈들이 어찌할 수준이 아니다. 오버로드는 눈이 없지만 기사단 또한 오버로드를 쓰러뜨릴 재간이 없다. 그 꼬락서니를 현실적으로 상상하자 한 편의 코미디가 따로 없었다.

어쨌든 이곳이 어떻게 돌아가는지는 감이 왔다. 이 앞에 대장이라고 나온 녀석들은 바지사장이다. 진짜는 참모 역할로 나왔다는 저 할배였다.

그래도 치매는 안 왔는지 할배는 단장의 말에 부정적으로 반응했다.

"2성이라면 지금 이 전력으로는 좀 힘들 거 같소. 단장."

"그, 그래도 실명까지 시켰는데…."

"눈을 잃었다한들 신체능력은 그대로일 테니 하는 말이오. 사상자까지 났지 않소."

혼이 끼어들었다.

"계란으로 바위치기지. 장담하는데 당신들만 가지고서는 절대 놈을 못 잡을 걸?"

"뭐야? 지금 제 3 기사단을 무시하는 거냐?"

"천만에. 오히려 존중해준 거야. 오버로드의 단단함에 비해 너희들의 무력은 계란껍질 수준도 안 돼. 솔직히 말하자면 노른자에 가깝다고. 계란이면 나름 후하게 쳐준 거야."

"이, 이 자식이……!"

단장의 허여멀건 한 얼굴에 열꽃이 피었다. 의외로 놀리는 맛이 있다. 뒷골목 삼류들이 어째서 이런 말을 쓰는지 알 것만 같았다.

할배는 신중하게 혼의 말을 곱씹었다. 말이 천박하다고 내용까지 거짓은 아니다. 할배는 혼이 없이는 오버로드를 잡을 수 없다는 걸 깨달았다. 한참이나 단장과 귓속말을 주고받던 그가 마침내 결정을 내렸다.

"좋아. 지금 당장 길드 탈퇴를 외치고 무소속이 된다면 참가를 허락하지."

"나 무소속이라니까."

"만약을 위하는 거다."

영창으로 모든 것이 해결되는 곳이었다. 혼은 무미건조하게 길드 탈퇴를 외쳤다. 할배는 흡족한 듯 미소를 지으며 일어났다.

"일원이 된 걸 환영하네. 내일 다시 보지."

"그래, 잘해보자고."

혼은 천막을 나서며 비릿한 미소를 지어주었다. 저들 좋으라고 이 전투에 참여하는 것은 아니었다.

오버로드는 누구에게도 양보할 수 없었다. 그게 점수가 몇 점 짜리겠냐. 비싼 혈석도 왕창 줄 것이다.

기사단의 생각도 마찬가지일 것이다. 단장과 할배의 속삭임은 거기에 대한 회담이었음이 분명하다. 어찌됐건 저들과의 전투는 피할 수 없다.

그리고 그때가…… 제 3 기사단의 마지막 순간이 될 터였다.

❖

다음 날 새벽.

아직 달이 지지 않은 시간이었다. 차가운 바람이 천막의 틈 사이로 들어왔다.

"어이, 혼. 일어나게."

추위에 덜덜 떨고 있던 혼은 벤지의 목소리에 눈을 떴다.

"허억!"

간 떨어지는 줄 알았다.

"뭘 그렇게 놀라나. 일어나게. 레이드는 준비해야 할 게 많아."

혼은 두근거리는 가슴을 부여잡고 자리에서 일어났다. 밖은 이미 사람들로 북적거렸다.

원정을 가기 위한 식량과 장비가 차곡차곡 준비되어가고 있었다. 모두 여섯 명 정도였는데, 그 중에 할배나 대머리는 없었다.

"단장은 어디 있나?"

"이번 레이드는 내가 지휘자라네."

벤지는 씁쓸하게 웃었다.

그때 혼의 앞으로 한 남자가 수레를 끌고 갔다. 짐칸에는 거대한 석궁이 들어있었는데, 조립식인지 파트가 다 제각각이었다. 그 뒤로 다른 남자가 일 미터는 넘어 뵈는 화살을 끙끙거리며 옮겼다.

"저건 뭐냐?"

"아, 대형석궁이다. 앞에서는 버티고 뒤에서는 쏘는 거지."

"아니, 그러니까 그건 나도 알겠는데 그게 가능하겠냐는 거지. 움직이는 타깃이잖아?"

"자네가 실명시켜 놓지 않았나? 조용히 설치만 잘하면 돼."

혼은 더 이상 문제점을 지적하지 않았다. 외부인이 이러쿵저러쿵 하는 것도 보기는 안 좋으니.

"그나저나 오버로드라는 녀석 약점은 있는 거야? 1성이라는 건 잡아봤겠지?"

"있지. 있고말고. 잡아봤으니 덤빌 수도 있지 않았겠나."

오버로드의 껍질은 흡사 강철과 같았다. 외피는 무슨 공격으로도 뚫지 못할 듯했다.

"녀석들의 혈석은 외부로 나와 있거든. 그걸 찾아 부수면 되지."

"그게 말처럼…."

"쉽지 않네. 찾기도 힘들고, 다가가기도 힘들고, 부수기는 더 힘들어."

벤지는 라임을 타듯 말했다.

혼은 고개를 끄덕였다. 어찌됐건 급소를 공략한다면 그 장갑차 같은 녀석을 죽이는 것도 헛된 꿈은 아니다. 타이밍을 잘 잡아 신속을 쓰면 충분히 가능할 것이다.

"근데 그 혈석 말이야, 어떻게 생겼는지는 알아?"

"개체에 따라 다르다네. 어떻게 생겼는지는 고사하고 얼마나 큰지도 모르지. 주먹만한 것에서부터 솜털만한 것까지 다양하다고 하더군."

솜털만한 거라면 좀 걱정이다. 혼에게는 사람이 아닌

것을 애무하는 취미는 없었으니까. 그 덩치에 어느 세월에 솜털을 찾나. 제발 혈석이 크기를 바라야겠다.

그때 천화가 눈을 비비며 걸어 나왔다. 부스스한 게 묘하게 매력적이었다.

"일찍 일어나셨네요. 저 깨우지 그랬어요."

"깨우려고 했는데 대자로 뻗어 자서 깨울 수가 없었다."

천화가 얼굴을 붉히며 혼의 등에 손도장을 찍어주었다.

"왜 숙녀 방에 함부로 들어와요!"

"야! 아프잖아! 그리고 안 들어갔거든. 농담이다. 농담!"

"진짜죠?"

"내가 너 자는데 왜 들어 가냐? 칼에 찔려 죽을 일 있나."

"칫."

천화는 풍성한 머리를 올려 묶으며 물었다.

"그나저나 언제 출발해요."

"이제 곧. 다 같이 아침을 먹고 바로 원정 떠날 거야."

"음, 그럼 좀 쉬고 있어야겠네요."

천화는 의자를 꺼내 앉아 왼손으로 턱을 받쳤다. 마치 로댕의 조각상을 보는 것 같았다. 레이드 준비가 끝나고 모두 모여서 아침밥을 먹었다. 레이드 팀원들의 식단은 더없이 훌륭했다. 스테이크와 샐러드, 거기에 스프라니. 패밀리 레스토랑 뺨을 친다.

물론 혼의 음식은 아니었다. 혼은 단원들과 같은 빵과 크림스프.

왠지 서러워졌다.

벤지는 요리를 준비했던 여자에게 말했다.

"내건 괜찮다니까."

"그런 말 하지 말고 드세요. 부단장님 아니었으면 특별식 같은 것도 못 만들었을 테니까."

"아니, 나는 정말 괜찮아."

벤지는 그렇게 말하며 혼과 식판을 바꾸었다.

"이 사람이 오늘 우리의 목숨 줄을 잡고 있는 사람이거든. 나보다는 이 사람이 든든하게 먹어야 할 걸세. 난 이거면 돼."

벤지는 그렇게 말하고는 빵을 물었다. 혼은 얼떨결에 받아버린 호화스런 아침과 여자를 번갈아 보고 씩 웃었다.

"이야~ 이거 미안한데."

"어쩔 수 없네요."

여자는 섭섭하다는 듯 입맛을 다셨다.

"다 모여 있군."

천화를 비롯한 대부분의 단원들이 식사를 하고 있을 때

단장이 어슬렁어슬렁 나타났다.

"거기 아시아인. 여기 와봐라."

단장 녀석이 천화를 부르자 혼은 어제 단장이 옆에 끼고 있던 여자 아이가 떠올렸다. 이번에는 천화에게 집적거릴 생각인거 같았다. 두 가지 경우를 토대로 저 인간의 성적 취향을 알 수 있었다. 예쁘면 만사 오케이다.

혼은 천화를 앉혀두고 단장에게 걸어갔다.

"무슨 볼 일이냐?"

"너 말고. 저기 네 동료 말이야."

"아~ 우리 천화."

혼은 그렇게 말하며 주먹을 단장의 어깨 위로 날렸다. 신속을 쓰지 않았음에도 놈은 반응은커녕 무슨 일이 일어난지도 모르고 있었다. 단장 놈은 시간차로 놀라며 대머리 쪽으로 기대었다. 놀라는 모습이 참 귀여웠다.

"뭐하는 짓이냐!"

대머리가 침을 튀겨가며 말했다.

"날파리야, 날파리."

혼은 손을 펴 가운데를 가리켰다. 착한 사람에게만 보이는 날파리였다. 단장은 자신이 나쁜 사람이라는 걸 내색하기 싫은 듯 입을 다물었다. 하지만 구겨진 얼굴에는 감정이 그대로 드러나 있었다.

"큭큭큭."

주변에서 웃음소리가 아주 조그마하게 들렸다. 모두들 크게 웃을 수 없어 억지로 참는 듯싶었다.

단장은 홍당무처럼 익어버린 얼굴로 얼굴을 식판을 던졌다.

"이게 뭐야. 더럽게 맛없잖아! 똑바로 못 해?"

단장은 씩씩거리며 할배와 함께 천막으로 들어갔다. 혼이 다시 자리로 돌아오자 천화가 그에게 엄지손가락을 들어 보여줬다.

"통쾌하냐?"

"완전 나이스."

다른 단원들도 통쾌하다는 듯이 고개를 끄덕이고 있었다.

소란스러운 아침식사가 끝났다. 단장은 단원들을 정렬시켜놓고 한 마디를 했다.

"오늘은 만족할 성과가 있길 바란다. 이상."

단장은 귀찮은 티를 너무 내고 있었다.

"일단 출발하지. 길잡이들은 앞으로 나오도록."

혼은 천화의 뒤에 딱 붙어 보디가드 역을 수행했다. 어차피 오버로드를 잡기 전까지 길드에서는 자신들을 어쩌지 못할 것이었다. 설령 놈들이 생각보다 훨씬 멍청해서 오버로드를 잡기 전에 수작을 부린다고 해도 혼을 함정에 빠트릴 만큼 강한 자는 없었다.

"그나저나 엉덩이. 너희는 오버로드의 위치를 처음에 어떻게 알았냐?"

"엉덩이라 부르지……, 아니 됐다. 오버로드는 영역동물이다. 처음 흔적만 찾는다면 그다음부터는 어렵지 않다. 우리가 관리하는 세이프티 에어리어는 총 3개로, 여긴 전담요원들이 항상 정찰을 하거든."

"세이프티 에어리어?"

혼은 천화에게 설명을 요구했다.

"미로의 사이에 있는 공터를 세이프티 에어리어라고 불러요. 다른 말로 안전지대. 절대로 괴수나 괴인이 들어오지 않는 공간을 뜻해요."

일종의 영지인 셈이다. 몇 개 있지도 않은 걸 3개나 가지고 있다니, 꽤 잘나가는 길드구면. 그렇게 한참 걸어갔을 때였다. 어디선가 물이 흐르는 소리가 들렸다.

"야, 천화야. 이게 말이 돼?"

눈앞에 강이 펼쳐져 있었다. 미로의 한복판에 강이라니. 보고도 믿기 힘든 광경이었다.

천화는 대수롭지 않다는 듯 대답했다.

"여기도 있을 건 다 있어요. 산도 있고 비도 내리니까요."

"아니, 그래도 미로잖아?"

미로라는 것은 막힌 곳이 아니었나? 혼은 의문을 지우고 근본적인 문제를 말했다.

"근데 이거 건널 수나 있나?"

강의 폭은 작게 잡아도 1km는 되어 보였다. 수영하기
에는 부담스러운 거리였다. 혼이 그렇게 생각하고 있을
때 벤지가 단원들을 바라보며 외쳤다.

"배를 꺼내라."

한 단원이 창고에서 세 명이 간신히 탈 수 있을 듯한 쪽
배를 소환해냈다. 그들이 준비해서 온 배는 저 한척이 전
부였다.

"그럼 먼저 가보지."

대머리와 할배, 그리고 단장이 가장 먼저 배에 올라탔
다. 가다 엎어져라. 혼의 순수한 바람과는 다르게 배는 시
원시원하게 반대편까지 나아갔다. 대부분의 인원이 건너
가고 마지막으로 혼과 천화, 단원이 남았다.

"배에 타시죠. 제가 노를 잡겠습니다."

단원의 말투에서 적개심이 읽혀졌다. 단장의 끄나풀이
다. 그렇다면 이 배에 함정이 설치되어 있을 가능성도 있다.

"시간이 없습니다. 빨리 타시죠."

강에 배를 띄운다고 크게 위험할 일은 없다. 마크맨도
딘인 하니 뿐이니 놈이 손가락 하나 움직이는 시간에 목
을 떼어낼 수 있다. 다만 문제는 오버로드였다. 단원이 혼
을 이길 수 없다고 해도 오버로드에게서 고립시킬 수는
있었다.

"어이. 배 몇 점이야?"

"600점입니다만."

배는 혼이 가지고 있는 점수를 전부 사용해도 살 수 없었다. 그렇다면 방법은 하나. 저 배를 타는 수밖에 없다. 다만 놈들의 의도대로 따라줄 혼이 아니었다.

"좋아. 하지만 노는 내가 잡는다."

"그, 그건……."

당황하는 단원을 보자 확신이 들었다. 자신을 강에 고립시켜두고 저들끼리 오버로드를 잡을 셈이었다.

만약 위험한 상황이 닥친다면 그때 가서 부를 생각일 것이다. 궁여지책으로 나온 것치고는 괜찮은 전략이지만 쓸데없이 의심이 많은 혼에게는 통하지 않았다.

"내 놔. 오랜만에 솜씨 좀 발휘해볼까?"

"제, 제가 하겠습니다. 괜히 힘들게……."

"뭐? 네가 한다고? 왜? 나보다 힘 세? 아니면 노 젓기 국가대표라도 되나?"

혼은 어물거리는 단원의 손에서 노를 빼앗어들고 배에 올라탔다. 그제야 천화도 안심하고 혼을 따라 몸을 옮겼다. 단원이 체념한 듯 마지막으로 올라타자 혼은 콧노래를 부르며 강 저편으로 배를 몰았다.

목적지가 가까워질수록 단원의 안색이 창백해졌다. 임무 실패에 대한 대가를 상상하고 있는 것이리라.

"머, 멈춰! 더 이상은 못 가!"

배가 강의 중턱을 지날 무렵 궁지에 몰린 단원이 본색을 드러냈다. 가면을 벗은 그의 진면목은 초라하기 그지없었다. 천화를 뒤에서 붙잡고 목에 단도를 대고 있었는데 칼끝이 부들부들 떨렸다. 저러다가는 실수로 사람하나 잡을 듯했다.

"천화를 풀어줘. 진짜로 죽는 수가 있으니까."

"안 돼! 너희들은 마지막까지 여기에 남는 거다! 단장의 명이야!"

"너, 진짜로 죽어."

"웃기는 소리하지 마! 지금 불리한 건 너희들……! 으악!"

천화의 엎어치기에 단원이 반원을 그리며 뱃바닥에 처박혔다. 둔탁한 소리가 들리면서 대자로 뻗어버리자 혼은 깜짝 놀라 다가갔다. 다행스럽게도, 배는 무사했다.

"혼씨. 저들이 우릴 속였어요."

"진짜? 난 네가 분노조절장애라도 있는 줄 알았는데."

"농담할 때가 아니에요. 저길 봐요."

딘깅이 고래고래 악을 지르자 단원들이 활시위를 당겼다. 벤지가 말리고 있지만 조만간 화살이 날아들 것은 자명했다. 배 위에서 화살 비를 맞는 건 좋은 상황이 아니다. 혼은 노를 저어 원래 있던 자리로 후퇴했다.

퍼엉!

강변에 도착할 때 즈음 폭음과 함께 지면이 흔들렸다. 이쪽이 아니었다. 혼은 다급히 고개를 들어 반대편을 바라보았다.

"쿠오오오!"

코너를 돌아 달려드는 오버로드가 보였다. 마치 불도저가 쓰레기들을 밀어버리듯, 오버로드는 단원들을 튕겨내고 단장을 뿔로 들이받았다.

단장은 빙글빙글 돌아 그대로 강물에 처박혔다.

나이스 오버로드.

공허한 조크가 혼의 머릿속에 맴돌았다. 킬러는 죽음에 대해 별다른 관념이 없기에 솔직히 말하면 단장의 죽음도 사소한 해프닝에 불과했다.

진짜 문제는 오버로드의 눈이 재생되어 있다는 것이다. 혈석. 오버로드 급의 혈석이면 가장 섬세한 기관인 안구조차 재생이 가능한 모양이었다.

"답답하게 됐군. 놈들이 다 망쳤어."

이대로 포기해야 하는가? 배를 타고 가기에는 이미 늦었다. 벤지는 이마에 핏대를 세우며 단원들을 컨트롤하고 있었다.

오버로드는 뿔에 단장을 꽂은 뒤 강으로 던져버렸다. 할배는 몸 주위에 푸른 기운을 두른 뒤 오버로드와 맞섰지만 순식간에 쥐포가 되어 버렸다.

"혼씨! 이쪽이에요!"

그때 천화가 나섰다. 혼은 그녀의 내비게이션에 일말의 희망을 안고 뒤를 따랐다.

"어떻게 하려고?"

"강 건너편으로 갈 수 있는 지름길이 하나 있어요. 시간에 맞출 수 있을지는 모르겠지만 최소 5분은 단축시킬 수 있을 거예요."

천화는 거침없이 미로를 질주했다. 짧고 복잡한 길이었다. 길을 외우며 달려가던 혼은 그녀가 23번째로 방향을 바꿨을 때 복잡한 생각들을 지워버렸다. 어차피 몇 시간 후면 또 다시 변할 길이었다.

"도착했어요!"

참혹한 풍경이 혼의 눈앞을 가득 메웠다. 물론 혼에게는 별반 다를 바 없는 광경이지만 천화에게는 아니었다.

가족과도 같은 사람들이 몰살당했을 때의 기억이 떠오른 천화는 팔이 떨리도록 주먹에 힘을 넣었다. 그나마 벤지가 살아있다는 사실이 위안거리였다.

"벤지 씨! 사람들을 데리고 도망가요! 빨리!"

벤지는 어쩌지도 못한 채 엉거주춤하게 있었다. 천화는 답답함에 혼처럼 외쳤다.

"엉덩이! 빨리 달리라고!"

어떻게 오버로드의 시선을 돌릴 수 있을까? 저번 전투를 통해 한 가지 안 게 있었는데, 오버로드는 도발에 잘 걸려든다는 사실이다.

"검을 던져!"

혼의 말을 들은 천화는 가지고 있는 검을 있는 힘껏 오버로드를 향해 던졌다.

"야!"

천화가 던진 칼은 오버로드의 얼굴에 맞고 튕겨 떨어졌다. 오버로드는, 표정은 없었지만, 천화를 황당하다는 듯이 쳐다봤다.

"쿠오오오오!"

확실히 열 받았다. 오버로드는 곧장 천화에게 달려들었다. 개미보다도 미개한 인간한테 농락을 당했으니 열이 있는 대로 받았을 것이다.

오버로드의 입장에서 보면 천화는 절대적 약자나 다름없었다. 하지만 오늘은 대군주가 그 절대적 약자에게 당하는 날이다.

천화는 자신의 일을 다 했지만 속도를 줄이지 않았다. 최후의 최후까지 오버로드의 관심을 자신에게 집중시키려는 판단이었다.

오버로드의 뿔이 천화의 심장을 꿰뚫으려는 순간 혼은 몸을 날렸다.

오버로드에게 혼의 위치는 사각이나 다를 바가 없었다. 혼은 모든 신체능력을 공격으로 설정하고, 돌진하는 덩어리의 관자놀이에 전심력의 발차기를 갈겼다.

퍼엉!

오버로드의 거체가 붕 떠서 옆으로 날아가 버렸다. 천화가 털썩 무릎을 꿇는 소리가 들렸다. 전방이 확 트인 시야 속에서 벤지를 포함한 단원들의 경악스러운 표정이 하나하나 눈에 들어왔다.

제대로 들어갔다.

혼의 발목에 짜릿한 통증이 왔다. 역시나 단단한 놈이었다. 혼은 몇 걸음 정도를 절뚝거리다가 천화를 돌아보았다.

"괜찮냐?"

"무, 무서웠어요."

그녀의 목소리가 떨리고 있었다. 그 막강한 오버로드를 도발한데다 눈앞까지 유인했으니 당연한 일이다. 혼은 미소를 지으며 그녀의 머리를 쓰다듬어 주었다.

"잘했다. 이제 나에게 맡기고 빠져있어."

혼은 어긋난 발목을 몇 번 털고 앞으로 나아갔다. 일격이 제대로 들어갔지만 혈석이 있는 이상 놈은 다시 일어설 것이다.

솔직히 말하면 혼도 뭘 어떻게 할지 몰랐다. 혈석이 튀어나온 부분이 있다고 했는데 그런 부위는 보이지도 않았다. 설마 진짜 솜털만한 것일까.

"코오오오오오!"

오버로드가 몸을 일으키며 괴음을 냈다. 오버로드는 마치 아무 일 아니라는 듯 당당하게 서 있었다. 하지만 확실하게 데미지는 들어갔다.

그 증거로 오버로드는 화가 완전히 머리끝까지 차올랐다. 표정의 변화는 없지만 발을 뒹구는 모습이 확실히 화를 내고 있다.

혼은 장검을 뽑아 들고 녀석이 달려들기를 기다렸다. 먼저 움직였다가는 저 뿔이 가차 없이 몸을 반 토막 낼 것이다.

오버로드는 성미 급하게 덤벼들었다. 혼은 마치 투우를 하듯 이리 저리 피하면서 녀석의 혈석을 찾아보았다.

"저기 있군."

배 안쪽이다. 지금까지 봐왔던 붉은 혈석과 달리 검은색의 보석이었으나, 너무나도 이질적인 돌출부라 확신할 수 있었다. 게다가 사이즈도 꽤 컸다.

이제 문제는 저 안으로 파고드는 것이었다.

오버로드의 배는 거의 바닥과 붙어 있어 드러눕지 않는 이상 어떻게 건들 방법이 없다. 배를 뒤집어 버리면 되겠지만 그게 쉬울까.

방법은 하나다.

녀석이 발로 밟으려고 할 때 파고들어 핀 포인트로 혈석을 저격하면 된다.

조금만 늦어도 깔려버릴 수 있겠지만, 모든 싸움에는 위험이 따랐다. 저런 괴물과 싸우면서 목숨을 걸지 않는 건 사치라는 것을 혼은 아주 잘 알고 있었다.

오버로드는 한참을 뿔로만 공격했다. 그러나 그런 일차원적인 공격이 혼에게 통할 리가 없었다.

그렇게 한참, 혼은 녀석의 공격이 통해야만 발 공격을 끌어낼 수 있다는 사실을 알아차렸다.

지금까지 오버로드의 뿔은 계속해서 허공만 지나고 있었고, 혼은 요리조리 피하며 약 올리는 것의 반복이었다. 만일 혼이 저 뿔을 피하다 넘어진다면? 약이 바짝 오른 오버로드가 발을 들지 않을 리가 없다.

공격을 하려면 그만큼의 위험을 감수해야 한다. 허점을 보여 카운터를 먹여주는 거다.

혼은 결심을 굳히고 녀석의 뿔이 날아올 때 미끄러지듯 엎어졌다.

"혼 씨!"

혼의 작전을 모르는 천화가 벌떡 일어나며 외쳤다. 천화의 열연 때문인지 오버로드는 아무런 의심 없이 발을 들어 혼을 뭉개려했다.

혼은 그 순간을 놓치지 않고 일어나 장검을 크게 휘둘렀다.

"흐아압!"

암살자는 기합을 외치지 않지만, 이때는 혼도 모르게 힘이 들어갔다.

음속으로 뻗어나간 검은 그대로 오버로드의 혈석을 후려쳤다.

챙!

손아귀가 찢어질 듯한 반탄력이었다. 잘못 맞았다, 라는 생각이 뇌에서 전달되기도 전에 검신이 산산조각 나서 혼의 눈앞에 흩뜨려졌다.

아무 생각도 나지 않았다. 이대로 밟혀 죽겠구나라는 생각조차 혼에게는 사치였다. 혼은 품 안에 넣어두었던 단검, 지구에서부터 애검이었던 그것을 꺼내들었다.

공격이 아예 먹히지 않은 건 아니었는지 혈석에는 작게 금이 간 상태였다. 혼의 추가타는 그 작은 흠집을 정확하게 파고들었다.

두 번째 마하의 속도.

둑을 무너뜨리는 건 작은 균열 하나면 충분하다. 혈석의 표면에 마치 거미줄처럼 균열이 일어났다. 이윽고 그것은 마치 유리창이 깨지듯 산산조각이 났다.

"혼씨!"

천화는 혼을 부르며 달려오고 있다. 녀석의 앞발은 그대로 낙하해 혼의 머리 위까지 내려와 있었다.

이건 피할 수 없다.

혼은 오버로드의 발바닥을 올려보았다. 죽음마저 각오했을 때였다. 혼의 머리에 오버로드의 발이 닿기 직전, 오버로드는 검은 재가 되어 사라졌다.

"와우."

끝까지 살 떨리게 하는 놈이다.

다리에 힘이 쭉 빠져나갔다. 혼은 바닥에 그대로 주저앉았다.

-5000점 획득. 누적점수 5410점-

5천 점. 3차 각성을 할 수 있는 점수였다.

검은 재가 전부 사라지자 그 아래에 자그마한 무언가가 떨어져 있는 게 보였다. 햇빛에 반사되는 것으로 보아 금속이었다.

혼이 일어나 주우러 갈 때 옆에서 누군가 무서운 기세로 달려왔다.

"혼 씨!"

천화가 붕 날라 혼에게 안겨왔다. 혼은 그 힘을 이기지 못하고 엎어졌다.

"아야야. 왜 그래?"

"죽는 줄 알았어요. 진짜로. 진짜로."

천화는 작게 말하며 혼의 가슴에 고개를 파묻었다.

흠. 이런 느낌이로군. 누군가에게 걱정을 받는다는 게.

혼은 천화를 살짝 떼어냈다. 천화는 혼에게서 뭔가 감동적인 말을 기대하는 듯했지만, 아쉽게도 혼은 이런 쪽으로 소질이 없었다.

"잠깐, 먼저 루트 좀 하자."

루트란 온라인 게임에서 아이템을 줍는 것을 뜻한다. 지금까지 주워본 건 혈석밖에 없었는데, 이번에는 완전 새로운 것이 떨어진 듯했다.

혼은 곧장 가서 그 반짝이던 것을 주웠다.

그것은 검은 색과 흰색, 완전히 상반된 이미지를 가진 두 개의 단검이었다.

달처럼 휘어진 검신과 코등이 없이 이어진 손잡이. 누군가를 죽이겠다는 목적을 극대화 시킨 것만 같은 디자인이다.

그에 비해 흰 쪽은 완전 장식용 단검과 같았다. 푸른색 보석이 검신 한 가운데를 가로지르듯 박혀 있었고, 손잡이는 무엇으로 만들었는지는 모르겠지만 차갑고 푹신푹신했다.

혼은 그 두 개를 집어 들고 바로 창고 안에 집어넣었다.

-목록-

21/100

세버런스와 수호설이라. 이름으로 추정하건데 수호설이 아마 흰 쪽일 듯싶었다. 이것들이 무엇인지는 나중에 제대로 알아봐야 할 것만 같다.

천화가 슬쩍 다가오더니 신기하다는 듯 두 단검을 쳐다봤다.

"군주기(君主器)네요."

"군주기가 뭔데?"

"군주기는 말 그대로 오버로드들에게서 나오는 무기들이에요. 왜, 오버로드를 다른 말로 대군주라고 하잖아요.

대군주가 주는 군주기."

"그래서 그 군주기가 뭐 얼마나 좋은데?"

"일단 군주기만이 가지는 특성이 있어요. 그리고 지금 나온 군주기의 특성은⋯⋯."

천화는 잠시 생각을 하더니 말을 멈췄다.

"안 말할래요."

"뭔데? 빨리 말해."

"사람이 걱정을 하는데 고작 무기 주우러 갔던 거예요? 완전 실망이에요."

천화는 아직 남아있는 눈물자국을 소매로 지우고는 피하면서 돌아섰다. 혼은 나중에 듣기로 했다. 나중에 맛있는 거라도 사주면서 달래보자.

"아주 괜찮아 보이는군."

어느새 도착한 벤지가 말했다. 벤지의 민머리에 땀이 송골송골 맺혀 있다. 전력을 다해 여길 찾아온 것 같다.

"괜찮아 보이는군? 그게 은인한테 할 말이냐?"

벤지는 양 손을 모으며 허리를 숙였다.

"정말 고맙다. 이 은혜는 언젠가 꼭 갚지."

"언젠가 갚는다는 말은 안 갚겠다는 말이랑 똑같은 거 아닌가?"

"아니, 내 말 뜻은⋯⋯."

순박한 벤지의 반응에 혼은 웃음이 나왔다. 삶과 죽음

의 경계선에서 인간은 본 모습을 드러낸다. 미궁은 그래서 적나라하다. 이런 지옥 같은 곳에서도 도리를 아는 벤지는 원래의 세상에서 존경 받는 사람이었을 것이다.

혼 같은 인간이 절대로 만나지 않을 그런 사람이라고 할까.

그런 의미로 미궁은 재밌는 곳이었다.

"신경 쓰지 마. 덕분에 5000점 먹었으니까. 나 혼자 다 먹었다."

벤지는 웃어야 할지 울어야 할지 모르는 표정으로 대머리를 긁적였다. 하지만 그 태도에 질투심은 없었다.

"그래. 일단은 돌아가자."

천화는 아까보다 기분이 풀렸는지 얼굴색이 좋았다. 그녀는 미소를 지으며 혼에게 손을 내밀었다.

"같이 가요."

벤지는 벌써 몸을 돌려 걸어가고 있다. 불어오는 맞바람을 타고 천화의 체취가 혼의 코를 홀렸다. 온 신경이 곤두섰던 전투 끝에 찾아오는 엔도르핀이 머리를 핑 돌게 만들었다.

"천천히 좀 가자."

혼은 그렇게 말하며 앞서가는 천화의 손을 더욱 꽉 잡았다.

오버로드를 죽인 뒤 혼은 조촐한 장례를 치렀다.

그래도 간부들이라고 단장의 이름과 대머리, 그리고 할배의 이름이 가장 윗줄에 위치했다. 아래로는 일반 단원들의 이름을 새긴 나무판을 땅에 사람 수대로 꽂아두었다.

화살을 장전했던 단원들은 전부 무릎을 꿇고 사과했다. 약자는 윗사람이 시키는 대로 할 수밖에 없다는 것을 혼도 잘 알고 있었다.

상황이 끝났기 때문에 분란을 일으켜 좋을 것이 없다고 생각한 혼은 용서한다는 말 한마디로 사건을 정리했다.

"근데, 저 단장이랑 같이 묻히는 거 다들 싫어할 거 같은데."

"쉿. 장례식 중이다."

혼의 농담에 벤지는 사뭇 진지한 얼굴로 쏘아붙였다. 사자의 이름을 부르고 다 같이 경례를 하는 것으로 간단한 작별인사를 끝마쳤다.

장례식이 끝나자 혼과 천화는 서둘러 떠날 준비를 했다. 오버로드까지 잡았겠다, 더 이상 이들과 함께 할 이유가 없다.

"가는 건가? 제 3 기사단에 들어올 생각은 없나?"

벤지는 아쉬운 듯 말했다.

"몰려다니는 건 취향에 안 맞아서 말이야."

천화는 예상했다는 듯 짐을 다 창고에 던져 넣고는 혼의 옆에 섰다.

"그런가. 나중에 꼭 다시 보지. 미로 어딘가에서."

"그때는 정식이 되어 있기를 바라지. 임시단장."

부단장이었던 벤지가 임시단장을 맡았다. 하지만 기득권이 전부 죽은 지금 투표로 단장을 뽑게 되면 당연히 벤지가 단장이 될 것이다.

제 3 기사단의 사람들 모두가 나와 혼과 천화를 배웅했다. 두 번이나 자신들의 생명을 구해준 은인이었다. 모두들 미안함과 감사함으로 힘껏 인사를 했다.

"아쉽네요."

천화는 손을 열심히 흔들고는 혼의 뒤를 쫄래쫄래 따라왔다.

"왜? 남고 싶었어?"

"그런 건 아니에요. 그냥 뭐 원래 헤어짐이라는 게 아쉬운 기리시."

"이렇게 멋진 동료가 있으면서 아쉽다니. 욕심이 많네."

혼이 능글맞게 웃으며 말했다.

"멋지기는 무슨."

천화는 입을 실룩거리며 빠르게 걸어갔다.

NEO MODERN FANTASY STORY & ADVANTURE

네이즈
헌터

5

Maze Hunter

5

오버로드를 잡고 며칠이 지났을까.

천화와 혼은 사막 위를 걷고 있었다. 불과 1주일 전까지 만 해도 내외하던 혼이었으나 지금은 천화가 뭐라고 하던 윗도리를 벗어던지고 걷고 있었다.

"사막에서는 전신을 다 가리는 게 더 좋아요. 햇볕이 더 뜨겁다니까요."

"그러다 탈수로 죽을 거 같다."

천화는 얇은 흰 천으로 몸을 감싸고 있었다. 그러면 빛 이 반사되어서 별로 안 덥다나 뭐래나. 그렇게 이론을 말 하는 천화의 볼로 땀방울이 흘러내렸다.

혼은 안쓰럽게 그녀를 쳐다보면서 고개를 끄덕였다.

혼은 상점을 열어 물을 하나 구입했다. 사막이라 하더라도 괴수들은 나왔고, 물은 쉽게 구입할 수 있었다. 더위야 버틸 수 있을 정도였으니 그렇다 치더라도 문제는……

"꺄악! 혼씨!"

바로 저거다. 모래지옥.

천화는 모래 안으로 반 정도 빠져 버둥거리고 있었다. 혼은 빠르게 작대기를 꺼냈다. 발버둥을 칠수록 더 빨리 빠져 들어간다고 말은 해놨지만 인간의 본능이란 어쩔 수 없다. 혼은 능숙하게 작대기를 뻗었다.

"넌 또 빠졌냐?"

"혼씨도 지금까지 2번은 빠졌잖아요."

천화는 작대기를 잡고 끙끙거리며 빠져나왔다.

이 미로는 혼자서는 절대로 빠져나갈 수가 없는 곳이었다. 혼자 저 모래지옥에 빠지면 그대로 빨려 들어가 사장될 뿐이다. 혼 또한 천화에게 도움을 받은 적이 있었다. 천화를 꺼내주는 일이 더 많았지만.

"그나저나 사막이라니. 이 미궁이란 게 원래 이래?"

"지역마다 차이가 다 있어요. 여기는 사막화가 되었나 보죠."

"되었나보죠?"

"항상 달라지니까요."

천화는 그렇게 말하고 목을 축였다. 급하게 마시느라

물이 턱 선을 따라 흘러내렸다. 물을 다 마신 그녀는 신경질적으로 외투를 벗었다. 배꼽이 드러난 탱크탑이 몸매의 굴곡을 확실하게 보여줬다.

"아 더워서 못 입고 있겠다."

"언제는 햇빛을 막아야 한다며."

"땀을 말리는 게 더 중요할 거 같네요."

천화는 창고에서 부채 하나를 꺼내 열심히 흔들었다. 그러던 중 멀리서 작게 살려달라는 소리가 혼의 귀에 들렸다.

혼은 무심코 고개를 돌렸다. 모래지옥에 빨려 들어가고 있는 한 사람이 보였다. 이미 가슴까지 들어가 곧 있으면 완전히 먹힐 상황이었다.

"혼씨, 저기!"

"알아."

혼은 고개를 돌려 다시 전방을 주시했다. 천화는 혼이 딱히 신경 쓰지 않을 것을 예상했다는 듯이 본인의 작대기를 꺼냈다.

"제가 구할 테니까 쉬고 계세요."

"여기 구해놓으면 보따리 달라는 놈들이 너무 많지 않냐? 무시하자."

"일단 구해야죠. 좋은 사람일수도 있잖아요. 혼 씨 보다 더 강할 리도 없고."

혼은 한숨을 쉬며 천화의 뒤를 따라갔다.

이미 그 사람은 팔을 제외하고는 완전히 모래지옥에 빨려 들어갔다.

"이거 잡으세요!"

천화는 크게 외치며 긴 작대기를 손에 가져다주었다. 모래지옥에 빨려 들어가던 사람은 본능적으로 작대기를 꽉 쥐었다.

천화는 힘을 주어 작대기를 끌었다. 어깨와 가슴의 힘으로만 끌어올려야 했기 때문에 각성자라 하더라도 이를 악물어야 가능한 것이었다.

작대기에 딸려 올라온 것은 20대 중반 정도로 보이는 여자였다. 사막의 더위 때문인지 얇은 셔츠 안에 스포츠 속옷 하나를 입고 있었다. 여자는 올라오자마자 모래를 토해내면서 혼과 천화를 올려보았다.

"가, 감사합니다. 콜록, 콜록."

"자, 됐지? 가자."

"그, 그러죠."

천화는 마지못해 고개를 끄덕였다. 혼과 천화가 할 수 있는 일은 이걸로 끝이었다.

혼자 사막이 된 미궁을 여행하는 것은 자살행위나 마찬가지지만 그건 이 여자의 문제다. 혼과 천화가 신경 써야 할 부분은 아니었다.

그럼에도 천화는 그 부분이 걸리는 듯싶었다. 그래서 당황한 눈빛으로 혼을 바라보는 여자를 계속해서 돌아보았다. 천화가 뭐라고 입을 열기 전에 여자가 먼저 말을 했다.

"저, 저기! 도와주세요."

여자의 말에 혼은 고개를 돌렸다. 여자는 최대한 불쌍한 표정을 짓고 있었다. 그리고 마치 천화에게 도와달라는 신호를 보냈다. 하지만 천화는 아무 말도 보태지 않고 있었다. 이런 문제는 신중할 필요가 있다.

"몇 점 있냐?"

혼의 첫마디에 단발머리 여자는 눈을 동그랗게 뜨고 반문했다.

"네?"

"몇 점 있냐고. 지금."

"저, 저기, 그게."

여자는 당황한 듯 말했다. 혼은 한숨을 내쉬었다. 이렇게 말귀를 못 알아들어서야.

"봐봐, 우리가 자원봉사자도 아니고. 네가 도와달라고 그냥 네, 하면서 도와주지는 않을 거 아니야. 노동에는 그만큼의 대가가 있어야지. 그러니까 점수 몇 점 있냐고. 빈털터리면 그냥 모래 속에서 죽는 게 나을 거야. 여기는 그런 곳이거든."

여자는 아주 찰나의 순간 입맛을 다셨다. 순간이었지만 지금까지 보여줬던 불쌍한 표정은 온데 간데 사라졌다.

혼은 잠시 여자의 대답을 기다렸다. 그녀는 다시 울상을 짓고 말했다.

"사실 여기 근처에 있는 여성 길드에 들어가기 위해서 온 것인데요. 혼자서 도망쳐 다니며 오느라 점수가 별로……."

"그러니까 몇 점?"

"한 100점정도."

"일단 다 내놔."

혼의 말에 여자는 순순히 100점짜리 구슬을 만들어 나에게 건네었다. 혼은 그것을 받아들며 여자를 째려봤다.

"100점 정도라더니 100점 정확하게 주네? 남은 거 없어?"

"아, 그게 한 12점정도."

"그것도 다 내놔. 아, 그리고 창고 비워서 다 내놓고."

여자의 표정이 점점 굳어졌다. 그럴 만도 했다. 지금 혼이 하는 말을 기생을 할 생각이라면 절대 떨어져 나갈 수 없게 목숨을 걸라는 것이었다.

먹을 것도, 생존에 필요한 도구를 살 점수도 없어질 경우 이 여자는 완전히 혼을 의지해야 했다. 혼을 죽이는 방법도 있겠지만 실패할 경우 갈 길이 없어지기 때문에 쉽게 도박을 걸 수 없다.

"아, 아무리 도와달라는 입장이지만 그렇게까지."

"싫으면 혼자 갈 길 가."

아쉬운 건 여자 쪽이었다. 혼과 천화는 그냥 가던 길을 가면 편하다. 백점이 넘는 점수는 큰 점수지만 포기하지 못할 정도는 아니었다.

"아니, 아니에요. 다 드릴게요."

혼은 콧방귀를 꼈다. 어차피 다 내놓는 거 아니면서 아쉬운 척 하기는. 창고 안과, 총 점수를 볼 수 있는 방법은 없다고 봐도 된다. 그렇기 때문에 저 여자가 전부 내놓는지, 아닌지 혼은 알 수가 없었다.

여자가 내놓은 물건은 이러했다. 물 2L통과, 식빵과 잼을 비롯한 음식들, 그리고 허름한 단검 몇 개였다. 단검 몇 개로 이 미로를 돌파하지는 않았을 것이며, 텐트와 침낭을 비롯한 비싼 것들은 내놓지 않았다. 혼은 여자가 숨기고 있다는 것을 알아차렸지만 아무 말 하지 않았다. 어차피 미궁에서 혼자 돌아다니는 사람 중에 정상인은 없다. 잔인하시 않으면 도태되는 곳이 미궁이었으니 말이다.

"좋아, 그럼 가지. 이름은?"

"리디아. 리디아 타시."

"좋아, 리디아. 가장 앞장서서 걸어주길 바래."

혼은 단검들은 삭제하고, 물과 식빵만 챙겼다. 리디아가 앞에서 걷는 이유는 두 가지다. 한 가지는 뒤에서 이상한 짓을 할 생각도 할 수 없게 하기 위해서, 그리고 나머지 하나는 모래지옥에 빠져도 저 여자가 먼저 빠져야 하기 때문이다.

혼은 여자가 허튼 생각을 할 수 없게끔 상황을 유도하고 있었다.

"그보다 리디아. 여성 길드라니?"

리디아는 잠시 생각하더니 입을 열었다.

"여자들을 위한 길드가 있다고 신문에 떠서요. 거기에 들어가기 위해 온 거죠."

신문이라고? 혼은 점수상점에서 ㅅ항목으로 열심히 내려가 보았다. 확실히 신문이 있기는 하다. 게다가 점수도 1점으로 매우 쌌다.

일단 구입을 해보니 안에는 미궁에 대한 사건사고들이 마치 현실세계의 신문처럼 아주 잘 쓰여 있었다.

그 중에는 제 3의 길드의 새로운 단장이 정해졌다는 내용도 적혀 있었다. 사진은 거의 없었지만 광고까지 기재된 읽을거리가 꽤나 많았다.

"그거 정기구독 신청하면 한번에 25점내고 한 달 치 살수 있어요."

"그거 괜찮네."

리디아는 정보를 하나 준 참에 친해질 수 있는 기회를 엿보고 있었다. 여자 둘의 남자 하나라는 이 조합은 균형을 무너트리기에 딱 좋은 조합이었다. 자고로 인간은 3명이 모이면 그룹을 만든다고 했다. 지금은 혼과 천화가 그룹이었고 리디아가 굴러들어온 돌이었지만 충분히 상황은 바뀔 수 있었다.

남자라는 족속은 원래 여자한테는 약하니까.

리디아는 슬쩍 걸음을 늦추며 바로 뒤에 따라오는 혼에게 접근했다.

"저기 근데 두 사람은 어떻게……."

"열 걸음은 앞장서서 걸어라. 같이 빠질 생각이야?"

리디아의 말이 끝나기도 전에 혼이 쏘아 붙였다. 리디아는 찌푸려지는 미간을 억지로 피며 웃었다.

"하하, 그러게요."

리디아는 다시 몇 걸음 앞으로 갔다. 사실 같이 빠져도 빠져나올 방법은 있다. 천화와 혼도 처음에 같이 빠진 적이 있었다. 그때는 혼이 먼저 천화를 잡아 땅 위로 던진 뒤 천화가 자대기로 혼을 꺼내주었나. 하지만 리디아에게는 그런 모습조차 보일 수 없었다. 빚을 지게 되면 리디아가 기어오를 것이 분명했기 때문이다.

신문을 보면서 걷던 혼은 리디아가 봤다던 여자들만이

가입할 수 있는 길드의 대한 기사를 발견했다. 최초의 미로의 안전지대를 가지고 있으며 오로지 여자들만을 받는다는 것이었다. 하지만 그것만으로 기사화가 되었을까. 여자들만이 가입할 수 있는 길드, 통칭 '라비린스 걸즈'는 남자에게 안전지대의 출입을 절대 허락하지도 않을뿐더러 가까이 다가가기만 해도 문답무용으로 죽여 버린다고 쓰여 있었다.

"잠깐, 천화야! 애들 본거지가 요 앞인가 본데."

사막의 오아시스를 가지고 있기 때문에 남자들은 눈물을 머금고 사막을 더 헤매야 한다는 것도 쓰여 있다. 혼이 말하자 천화가 머리를 긁적였다.

"그, 그러게요."

천화도 신문을 사서 읽어보고 있던 찰나였다. 아마도 이 기사를 가장 먼저 찾아보았을 것이다.

"그래도 저는 들어갈 수 있겠네요."

"그게 말이냐, 소냐?"

"하하하, 1년 전에 아빠랑 돌아다닐 때는 이런 게 없었는데……."

"게다가 신문도 안 보고 말이야."

"사실 정착하고 나서는 정보가 없어도 되잖아요. 그래서 쓸데없는 점수는 줄이고자……. 죄송합니다."

천화는 꾸벅 고개를 숙였다. 혼은 딱히 천화를 추궁할

생각이 없었다. 만약에 돌아가야 한다면 귀찮지만 그냥 다시 걸으면 되는 것이다.

천화도 같이 고생을 할 테니 원망할 생각은 없었다. 길잡이인 천화가 있는 이상 미로는 조금 복잡한 동네나 다름이 없으니까.

이야기를 듣고 있던 리디아는 목표를 바꾸었다. 혼이 아니라 천화를 자기편으로 끌어들이는 것은 어떨까. 남자만 없다면 라비린스 걸즈에 가입하는 것은 매우 쉬운 일이었다. 천화도 사람인 이상 다시 돌아가지는 싫지 않을까.

"잠시, 쉬다 가자."

혼이 멈춰서며 말했다. 한 3미터는 될법한 선인장이 길 중간에 서 있었다. 혼은 그 아래에 가서 앉았다. 현재 시간은 태양이 하늘 중앙에 떠 있어 벽으로 만들어지는 그늘도 없는 상황이었다. 그늘을 찾은 김에 쉬고 가는 것이 현명한 판단이었다.

리디아는 붙임성 좋게 천화의 옆에 가서 앉았다. 천화는 딱히 뭐라고 하지 않고 친절하게 시원한 물을 건넸다.

"드세요. 아까 다 빼앗겨서 못 마셨죠?"

"고마워요. 그런데 두 사람은 어떻게 만난 거예요?"

"뭐 지나가다 어쩌다가."

천화의 표정이 굳어졌기 때문에 리디아는 더 이상 말을 이어가지 않았다. 미궁에서 살아남은 자들은 하나 같이 눈치가 매우 빨랐다. 하루하루 목숨을 걸고 걸어다는 것이니 그럴 수밖에 없다. 리디아는 분위기를 바꾸기 위해 주제를 바꾸었다.

"그런데 진짜 돌아가야 하는 거예요?"

"뭐 확실하지는 않잖아요. 이 사막으로 갈 수 있는 안전지대는 두 곳이니까 운이 좋으면 '라비린스 걸즈'가 있는 곳을 피해갈 수도 있고. 맞아, 그러면 리디아 씨는 운이 나쁜 거네요."

그래, 그 부분이 리디아가 걱정하는 부분이었다. 이들은 리디아의 보디가드가 아니라 그저 사막에서만 도와주는 생판 남이었다.

그렇기 때문에 이들 중 하나라도 회유해 리디아 자신이 선택권을 가질 필요가 있었다. 리디아는 일단 본심을 숨기고 손을 앞으로 흔들며 말했다.

"아니에요, 아니에요. 그보다 '라비린스 걸즈'가 있는 곳에 가면 천화 씨가 걱정이죠. 저 남자 분 성격 되게 까칠한 거 같은데, 같이 다니면서 일도 많았겠어요."

분위기가 존댓말도 쓰고, 혼의 말투에서 사랑이 전혀 느껴지지 않는 것이 이 두 사람은 연인이 아니라 리디아는 확신했다.

연인만 아니라면 둘의 사이를 이간질 하는 것 정도는 쉬운 일이었다. 가벼운 불만을 공감해주면서 크게 키우면 된다. 원래 불화라는 것은 생각하면 할수록 더욱 더 깊게 파고 들어가는 것이다.

"뭐, 여러 가지 일이 있었죠. 사실 혼씨가 좀 까칠하긴 하죠."

리디아는 속으로 예스를 외쳤다. 이렇게 천화가 기분 나빠하지 않고 자신의 말에 공감해주는 것만으로도 절반의 성공이다. 이제 천천히 무리수를 던지지 않고 공감대를 유지하면서 한 사람을 고립시키면 되는 것이다.

"뭐 선과 악이냐를 놓고 보았을 때는 악인 사람이지만 믿을 수 있는 사람이니까요."

천화는 슬쩍 말했다.

"걱정하실 필요 없어요. 미궁에서는 자기 걱정하는데도 바쁜데요 뭐."

리디아는 하하 웃으며 고개를 끄덕였다.

여자들만의 대화라는 것이 있다. 천화는 웃으며, 나긋나긋하게 말했지만 속뜻은 이러했다.

오지랖 떨지 말고 네 걱정이니 하면서 살아라.

한 마디로 대화를 별로 이어가고 싶지 않다는 뜻이었다. 리디아는 천화를 회유하는 것도 어려울 것이라 속으로 생각했다.

리디아는 혼에게 넘긴 점수와 물건들이 생각났다. 남은 점수도 한 200점은 되었고, 창고 안에도 꽤 많은 무기들이 남아있었지만 빼앗긴 100점 또한 적은 점수는 아니었다.

하지만 '라비린스 걸즈'가 있는 곳까지 안전하게 가면 본전을 뽑을 수 있겠다고 생각했는데, 이대로라면 언제라도 자신을 버리고 갈 수 있는 상황이 아니던가.

혼은 어느새 다시 일어나 앞으로 걸어갔다.

"앞장 서."

이러다가는 모래지옥 방패노릇만 죽어라 하다가 '라비린스 걸즈'에 들어가지도 못하는 상황이 나올 수 있었다.

리디아는 손톱을 물어뜯으며 앞으로 걸어 나갔다. 그렇게 한참, 리디아가 모래지옥에 3번은 빠졌을 때 앞에서 쿵쿵하고 무언가가 부딪히는 소리가 났다.

"멈추자."

혼이 손을 들었다. 앞쪽에는 거대한 괴물이 모래에서 튀어나왔다 들어갔다 하기를 반복했다. 괴물은 땅을 잘 팔수 있게끔 뾰족한 더듬이가 4개 앞으로 몰려있었고, 모래에 빠지지 않기 위한 평평한 네 발로 기어 다니고 있었다. 마치 딱정벌레와 우주괴수를 합쳐놓은 듯한 외형이었다. 터져 나올 듯한 힘줄이 괴수의 완력을 대변하고 있는 것만 같았다.

그 괴수를 상대로 싸우고 있는 것은 전부 여자로 8명 정도로 보였다.

"오버로드 급은 아니네."

8명은 나름 진형을 짜고 약 3머터 정도 크기의 괴수와 막상막하로 싸우고 있었다. 그 누구도 퍼스트 마스터 급의 각성을 한 것 같지는 않았으나 연계가 좋아 최상위급 괴수가 아무것도 못하고 일방적으로 당하고 있었다.

혼과 천화는 멀리서 구경했다. 가만히 놔둬도 알아서 사냥을 할 수 있을 것만 같았다. 그러나 여유로운 혼과 천화와는 달리 리디아는 꽤나 긴장하고 있었다.

라비린스 걸즈다.

리디아는 그렇게 생각했다. 여자들로만 구성된 다수의 사냥조. 게다가 이 사막은 라비린스 걸즈의 지역이기도 했다. 리디아의 입장에서는 합류하고 싶었던 곳에 들어갈 수 있는 기회였다.

"저것들 남자보면 그냥 죽인다는 말도 있던데."

혼이 말하자 천화가 씁쓸하게 웃으며 말했다.

"혼씨가 안 죽이면 다행이죠."

"그렇긴 하지."

리디아는 두 사람의 대화에 식겁했다. 이거 완전히 적대적으로 보고 있는 듯싶었다. 혼의 입장에서는 조심해서 나쁠 것이 없었다. 리디아야 그냥 합류를 하면 되는 것이지만 혼과 천화는 라비린스 걸즈에게 들키지 않고 그냥 지나치는 편이 훨씬 좋으니까.

"돌아가면 얼마나 돌아가야 되냐?"

"좀 많이 돌아야죠. 요 바로 앞이 안전지대였으니까요."

각각의 안전지대에는 거리가 꽤나 있을 수밖에 없다. 혼은 벌레 씹은 표정으로 전투를 바라봤다. 가장 좋은 방법은 리디아를 두고 그냥 가는 것이었다. 미련 없이 뒤로 돌면 불확실한 위험에서 벗어날 수 있었다.

"그럼 우린 가도록 하지. 저기도 어차피 이길 거 같으니. 너는 여기 남아서 저들과 합류하도록 해."

혼은 그렇게 말하고 몸을 돌렸다. 천화도 리디아를 향해 어깨를 으쓱하며 말했다.

"잘 합류하세요."

그렇게 두 사람이 몸을 돌려 걸어가려는 순간, 쾅하는 소리가 울려 퍼졌다. 혼은 고개를 돌려 괴수가 있는 쪽을 보았다. 이제 쓰러진 건가? 하지만 그의 생각과는 달리 모래먼지가 걷힌 그곳에는 다친 몸으로 포효하는 괴수와 수가 반으로 줄어버린 여자들이 서 있었다.

무슨 일이 벌어진 건지 확인할 수는 없었으나 남은 여자들도 꽤나 큰 부상을 당한 것 같았다.

"천화야, 저거 구해주면 지나갈 수 있게 해주지 않을까?"

"그럴지도 모르죠."

천화가 바로 대답했다. 상황은 꽤나 심각해보였다. 정작 난리가 난 것은 리디아였다. 패닉상태에 빠진 그녀에게 혼과 천화의 대화는 들리지 않았다.

혼과 천화는 이미 이 앞에 라비린스 걸즈의 아지트가 있다는 것을 알아차렸다. 이들에게는 리디아를 위해 헛걸음을 할 이유가 없었다. 이대로라면 저 괴수를 통과해 라비린스 걸즈가 있는 곳까지 리디아 혼자 가야할 상황이었다.

이래서 둘을 이간질 한 뒤에 한 명을 끌고 갈 생각이었는데 말이야.

그 순간 리디아의 앞으로 혼이 튀어나갔다. 천화는 바로 그 뒤를 따라 달려갔다.

혼의 손에는 세버런스가 들려 있었다. 혼은 괴수의 더듬이를 향해 신속을 사용했다. 펑하는 소리와 함께 날아간 혼은 더듬이 두 개를 자르고 나서 멈춰 섰다.

리디아를 비롯한 정신이 있는 너사늘은 경악했다.

아주 작은 단검, 세버런스는 강화한 장검으로도 흠집을 낼 수 없었던 괴수의 더듬이를 일도양단했다. 게다가 저 혼이라는 인간이 보여준 속도는 퍼스트 마스터라고 하더라도 상당 시간 단련하지 않으면 불가능한 것이었다.

"이거 쓸 만하네."

그 시선을 아는지 모르는지 혼은 세버런스를 보며 작게 중얼거렸다.

세버런스는 그 모든 것을 베어버리는 강도를 가지고 있었다. 굳이 이름을 붙이자면 절대강도라고 할까. 마치 강철도 두부처럼 잘라버리는 것이었다.

"혼씨!"

더듬이가 2개나 잘린 괴수는 비명을 지르며 나머지 더듬이로 혼을 공격했다. 혼은 천화를 보며 씩 웃었다. 천화는 수호설을 들고 있었다. 오버로드를 잡고 나온 또 다른 군주기. 천화가 정신집중을 하자 수호설이 번쩍 빛나며 혼의 주위로 푸른 막이 생겼다.

쿵!

"키에에에!"

괴수의 더듬이는 푸른 막에 막혔다. 천화는 이를 악물고 말했다.

"피할 수 있으면 피하라고요! 이게 얼마나 힘든지 알아요?"

수호설은 말 그대로 보호막을 생성하는 군주기였다. 주인을 지키는 것은 물론이요, 주인이 원하는 지역에 보호막을 형성할 수도 있었다. 그 대가는 주인의 체력과 정신력이다.

"버텨, 버텨. 신속도 엄청 힘들어."

혼이 여유를 부리자 천화가 신음소리를 내며 말했다.

"으으, 빨리 좀요!"

"알았어."

혼은 신속을 사용해 나머지 두 더듬이도 잘라냈다. 괴수가 비명을 지를 때 혼이 괴수의 아래로 파고들었다.

심장은 어느 생물이나 가지고 있는 코어다. 혼은 괴수의 고동이 가장 크게 들리는 장소로 찾아들어갔다. 킬러로서 단련된 오감은 일반인과 비교할 것이 아니었다.

혼은 괴수의 심장 밑에서 신속을 사용, 세버런스를 던졌다.

세버런스는 음속으로 괴수의 심장을 관통하고 하늘로 올라갔다. 이렇게 높게 던졌다가는 어디로 떨어질지 모르지만 혼은 걱정하지 않았다. 군주기의 또 다른 능력, 그것은 바로 이것이다.

"세버런스!"

혼이 외치자 세버런스가 공중에서 제 주인을 찾아오는 매처럼 날아들었다. 혼은 재가 되어 날리는 괴수의 밑에 서 있는 힘껏 폼을 잡으며 세버런스를 받았다.

천화는 그제야 안심을 했는지 주저앉았다.

"이야, 수호설도 좋네. 그거 잘 쓰면 되겠다."

"실험 한번 해보고 이런 곳에서 쓰지 말아줄래요? 그게 뚫리면 어떡할 뻔했어요?"

"그럼 피하면 되지. 별 걱정을 다하네."

"아휴, 말을 말자."

천화는 고개를 절레 흔들며 일어났다.

혼은 천화를 잡아 일으킨 뒤 기대 가득한 눈으로 여자들을 쳐다봤다. 여자들은 경계를 하면서도 쭈뼛쭈뼛 고맙다는 말을 하려는 듯싶었다.

여자들은 일단 부상자들을 챙겼다. 다행히 쓰러진 4명 모두 죽지는 않았다. 다리가 잘린 사람도 있고, 팔이 괴상하게 돌아간 사람도 있었지만 혈석이면 어느 정도 치료가 될 것이다.

아, 물론 잘린 다리가 다시 붙지는 않겠지만.

"감사하다."

대장으로 보이는 숏컷의 여자가 말했다. 여자들은 수군거렸다. 남자가 도와준 것에 대해 어떻게 반응을 해야 할지 상의를 하는 듯싶었다.

신문에 나와 있는 대로라면 이 여자들은 전부 남자들에 대한 불신을 가지고 있었다. 아무리 은인이라고 하더라도 혼에게는 경계의 시선이 날아들었다.

"뭘, 이정도야. 점수도 많이 줬고."

혼은 최대한 좋은 사람을 연기했다. 괜히 바로 본론을

꺼냈다가는 안 그래도 불신으로 가득 찬 여자들에게 나쁜 인상만 심어줄 수 있었다. 너희에게 통행권을 얻기 위해 도와준 것이다. 이렇게 솔직하게 말하면 속물처럼 보일 테니.

"그나저나 8명이서 팀인가? 꽤 많이 꾸렸군."

혼은 라비린스 걸즈에 대해 모르는 것처럼 행동했다. 아는 것이 없는 사람에게는 꿍꿍이도 있을 수 없다. 라비린스 걸즈를 모르는 이상 혼의 계획에 그녀들은 있을 수가 없으니까. 혼의 입장에서는 제발 이런 의도가 전해지기를 바랄 뿐이다.

"우리는 라비린스 걸즈의 사냥조. 부엉이대다."

"사막에서 부엉이대? 낙타대 같은 게 더 좋은 이름일 거 같군."

시답잖은 농담을 한 혼은 천화에게 손짓했다. 여자와 둘이 다님에도 매너를 지킬 줄 아는 착한 남자라는 것을 이들에게 어필할 생각이었다.

"천화야, 여기……."

"라비린스 걸즈죠?"

친화대신 티니아가 빠르게 달려왔다. 허겁지겁 달려온 그녀는 여자들 앞에서 자빠지더니 고개를 들며 말했다.

"저, 저도 들어가고 싶은데 어떻게 해야 하죠?"

라비린스 걸즈 사냥조의 대장은 한숨을 쉬더니 뒤에 있는 여자들을 바라봤다. 부상자들은 혈석을 먹고 그나마 편해졌는지 한숨 돌린 표정으로 누워있었다.

대장은 혼을 바라보고는 입을 열었다.

"내 이름은 로라 로슈포드. 부엉이대의 대장이다. 이 여자는 너의 동료인가?"

"동료라, 만난 지 몇 시간 밖에 안 되지만 일단 그렇다고 치지."

"그럼 안 된다. 우린 남자를 받아주지 않는다."

로라의 말에 리디아가 사색이 되어 외쳤다

"아닙니다. 저만 들어갈 겁니다. 이 사람들은 방금 만났을 뿐이지 절대로 동료 같은 게 아닙니다."

"뭐, 그것도 맞는 말이야."

혼이 어깨를 으쓱하며 말하자 로라가 다시 한 번 생각했다. 당연하게 다 같이 들어오겠다는 것인 줄 알고 거절했던 것이다. 만약에 리디아가 혼자 들어오는 것이라면 단장에게 물어볼 필요가 있었다.

"보상을 원한다면 해줄 수 있는 선에서 최선을 다하겠다. 원하는 것이 있는가?"

로라는 돌아갈 채비를 했다. 혼은 이 말을 기다리고 있었다. 설마 입 싹 닫고 지나가지는 않을 것이라고 예상하고 있던 바이다.

"글쎄, 나중에 혹시라도 인연이 되면 그때 부탁하도록 하지."

"알겠다."

로라는 고개를 끄덕이고 부엉이대에게 말했다.

"전원 부상자를 챙겨서 복귀한다. 그리고 너!"

로라가 리디아를 가리켰다.

"이름이 뭐지?"

"리디아입니다."

"그래, 리디아. 따라와라."

리디아는 안면에 미소를 지으며 고개를 열심히 끄덕였다. 결과적으로 리디아만 일이 아주 잘 풀리고 있었다. 혼은 박수를 쳐주다 말했다.

"어이, 리디아. 너도 은혜를 잊지 말라고."

리디아는 혼을 째려봤다. 점수도, 물건도 가져가 놓고 은혜라니. 그건 돈을 내고 받은 서비스다. 서비스라기에는 아주 개차반이었지만.

하지만 엄청난 힘을 가진 혼에게 대놓고 짜증을 부릴 수도 없는 일. 리디아는 최대한 사람 좋은 미소를 지으며 답했나.

"네, 감사했습니다."

"그래, 그래. 은혜는 잊으면 안 되지."

리디아는 웃는 혼의 얼굴에 주먹을 꽂아 넣고 싶은 걸

꾹 참으며 로라의 뒤를 따라갔다.

남겨진 천화와 혼은 그 자리에 주저앉아 잠시 쉬었다. 어차피 저들이 가는 곳에 혼도 가야한다. 원하는 것을 나중에 말하겠다는 것은 우연치 않게 와보니 너희 진지구나, 지나가도 될까? 라는 부탁을 하기 위한 사전준비일 뿐이다. 게다가 지금은 아마 좋은 사람으로 인식되지 않았을까.

"그나저나 들어오지 말라고 하면 어떡하죠?"

"왜? 살려줬잖아. 그것도 8명이나. 아무리 남자를 싫어해도 아무 것도 모르는, 거기에 선의를 베푼 나를 거부할까?"

"살려준 게 문제일 수도 있어요."

"그게 왜 문제인데?"

"괴수요."

천화는 머리를 꼬며 말했다.

"혼씨 말고는 최초의 미로, 그것도 오른편에 퍼스트 마스터는 없을 걸요? 있다고 해도 10명은 절대 넘지 않을 거예요. 혼씨는 너무 강하다는 거죠."

"무슨 말인지 알겠다."

너무 강한 사람은 경계 받게 된다. 게다가 이 미로의 시스템으로 보았을 때 퍼스트 마스터가 되기 위해서는 엄청난 양의 인간을 죽여야만 한다. 왜? 청괴를 잡기 위해서는 인간을 죽여 점수를 얻고 각성을 해야 하고, 혹시나 각성을 하더라도 인간을 죽이는 편이 점수를 모으기 훨씬 편하기 때문이다.

이 미로의 생존자 = 악인.

뭐 예외는 있겠지만 대부분은 그렇다는 것이다. 남을 생각하고 감싸는 사람은 단명하기 딱 좋은 곳이 이곳이다.

혼은 어쩔 수 없다는 듯이 고개를 끄덕였다.

"그때 가서 생각하자 다 죽이던지, 아니면 돌아가던지."

"죽이는 건 좀 아니지 않을까요."

"농담이다."

해가 벽의 뒤로 넘어갔다. 덕분에 사막이라 하더라도 그늘진 곳이 많아 걷기에는 편한 상태가 되었다.

로라와 리디아가 사라진지도 약 2시간, 천화와 혼도 슬슬 움직이기 시작했다.

조금 헤맨 뒤 발견한 안전지대가 우연히도 라비린스 걸즈의 것이고, 우연히도 로라를 구해준 적이 있는 혼이 지나가세 해날라고 부탁을 한다.

그게 혼이 짠 시나리오였다.

상대방에게 빚을 지게 해서 감정에 호소한다. 뭐 좋은 작전은 아니지만 해볼 만한 가치는 있을 것이다. 게다가

여자들은 남자들보다 감성적이라고 하지 않던가. 천화만
봐도 그렇다.

'잘되겠지.'

혼은 걱정은 관두고 쭉 걸어 나갔다.

❖

"모래지옥 탐지기 역할이나 하고 있었다니까요."

리디아는 눈물을 흘리며 말했다. 정확히 말하면 눈물을
쥐어짜내며 말하고 있다고 해야 할 것이다.

로라와 함께 라비린스 걸즈가 차지하고 있는 안전지대
까지 걸어가는 동안, 두 사람은 꽤 많은 대화를 나누었
다.

로라는 왜 라비린스 걸즈에 들어오고 싶어 하는 건지,
지금까지 어떻게 살아남은 건지. 이러저러한 정보는 인간
성을 판단하는 데에 많은 도움이 된다.

리디아는 그 질문의 의도들을 전부 알고 있었다.

리디아가 지금까지 살아남은 방법은 아주 간단했다. 여
자들과 다닐 때는 한명을 왕따 시키며 그룹을 만들었고,
남자들과 다닐 때는 여기저기 기생했다. 그리고 위험할
때는 주저 없이 배신했고, 점수가 많은 남자는 텐트로 꼬
셔와 방심할 때 죽였다.

'그런 말을 할 수는 없지.'

다른 여자들의 말을 들어보면 대부분이 남자들에게 심한 꼴을 당한 뒤 라비린스 걸즈에게 발견되어 구출되었다고 했다.

드문 일도 아니었다. 극한의 상황, 법도 경찰도 없는 이 미궁에서는 힘이 전부였다. 상대적으로 약한 여자들이 남자들에게 강간을 당하고, 가축처럼 끌려 다니다가 버려지는 일은 역겹도록 흔해 빠졌다.

그렇게 허풍을 치던 리디아의 과거가 흘러 혼까지 온 것이다. 물론 혼에게 당한 피해자인척을 하고 있었다. 어디까지나 불쌍한 척을 해야 동정을 받기 때문이다. 동정은 아주 좋은 것이다. 불쌍하게 보이는 것만으로도 심적인, 또 물질적인 이득이 생기니까.

"아, 그리고 이거 사실은 비밀인데."

리디아는 눈물을 닦으며 말했다.

"그 혼이라는 사람. 원래부터 라비린스 걸즈를 알고 있어요. 노리고 접근한거예요."

"뭐?"

"세, 세가 같이 다녔었잖아요. 신문에 대해서 알려주니까 라비린스 걸즈를 찾아보더라고요. 하하."

정보의 공유. 그것도 계란 노른자 같은 정보를 공유하는 것은 끈끈한 유대감을 만들 수 있었다.

이제 막 라비린스 걸즈에 들어가는 리디아는 그 안에서의 자신의 위치를 잡고 있었다. 어디서나 힘이 있는 사람만이 편하게 살 수 있었다.

리디아는 여자들의 사회가 남자들의 사회보다 훨씬 더 더럽고 꼬여있다고 생각했다. 가만히 있다가는 도태되고, 아무도 옆에 없는 외로움을 견뎌야 한다. 그렇기 때문에 리디아는 최선을 다해 자신을 어필하고 있었다.

"그렇다면 무슨 목적이 있어서 우리를 도와줬다는 것인가?"

"그럴 거예요."

"무슨 목적?"

"글쎄요, 그건 잘⋯⋯."

사실을 왜곡해서 말하는 것이 가장 현명한 이간질이었다. 여기서 혼을 완전히 나쁜 놈으로 만들어버리기에는 너무 위험성이 컸다. 혼은 굉장한 강자였고, 리디아는 아직 라비린스 걸즈의 전력을 모르기 때문이다.

"목적이라."

로라는 복잡한 표정이 되어 걸어갔다.

❖

"앞으로 10분 정도 쭉 걸어가면 안전지대네요."

"라비린스 걸즈의 소굴이라는 거지."

"소굴보다 안식처라는 표현이 맞지 않을까요? 뭔가 굉장히 부정적으로 들리네요."

천화는 하하 웃으며 태클을 걸었다. 혼은 아랑곳 않고 말했다.

"저기, 정찰병인가보다."

3명 정도 되는 그룹의 여자들이 꽤 근사하게 만들어진 목책 뒤에서 혼과 천화를 쳐다보고 있었다.

"봐봐, 도적 소굴 같잖아. 남자들 들어오면 벗겨먹으려고 아가리 벌린 사자 같네."

"그냥 정찰하는 거 아닐까요?"

"어이, 거기. 잠깐 서라!"

혼과 천화가 다가가자 정찰대가 그들을 멈춰 세웠다. 그들은 혼을 힐끗 보더니 불쾌한 표정을 짓고는 곧 바로 천화에게 말했다.

"남자는 이 앞으로 들어올 수 없다. 돌아가라."

처음보는 남자에게도 불쾌한 표정을 지을 정도라. 이거 생각보다 힘들어질 수도 있겠다고 혼은 생각했다.

소수의 남자들에게 불쾌한 일을 당했다고 모든 남자를 싫어하는 것은 일반화의 오류였지만 그런 걸 설명하고 있을 시간도, 친분도 없다. 혼은 앞으로 나서며 말했다.

"라비린스 걸즈라고? 그럼 거기 부엉이대의 로라라고 있지 않아?"

"네, 로라 로슈포드씨요."

천화가 거들었다. 정찰대는 고개를 갸웃하더니 자기들끼리 숙덕거리기 시작했다. 혼은 귀를 기울여 그들이 하는 대화를 엿들었다. 어떻게 부엉이대의 로라 대장을 아는가, 혹시 지인인가, 아니면 그냥 이름만 소문으로 들은 사람인가. 대충 그런 이야기였다.

"방금 전에 만났었거든. 부상자도 꽤나 생겼는데 잘 돌아왔는지 모르겠네."

"부상자가 있는 걸 어떻게 아는 거지?"

정찰대가 경계를 하며 말했다. 혼은 손을 내저으며 사람 좋게 웃었다.

"아니, 아니. 내가 그런 건 아니고. 내가 구해줬지. 부엉이대 녀석들을 말이야. 맞아, 그리고 같이 온 여자 있었지? 그 여자도 내가 구해줬거든. 그래서 그런데 그냥 내쫓지 말고 로라 좀 불러주는 게 어때?"

정찰대는 혼란스러웠다. 혼의 말대로 부엉이대는 부상자를 다수 데리고 이곳을 지났다. 게다가 리디아라는 새로운 여자까지 데리고. 혼은 그 여자까지 알고 있는 듯싶었다. 그렇다면 진짜로 로라 대장을 구했다는 것인가? 확인을 하기 전까지는 알 수 없었다.

"가서 로라 대장을 불러와."

한 여자가 고개를 끄덕이고는 빠르게 달렸다.

"앞으로 한 15분이면 올 거다. 그때까지 들어오지 마라."

"알았어, 알았어. 얌전히 있지."

얼마 지나지 않아 로라가 도착했다. 그녀의 표정은 미묘했다. 확실한 것은 호감만 가지고 있지는 않다는 것이었다. 혼은 뭔가 시나리오가 엇나갔다는 것을 직감했다. 그리고 그 이유도 알 것만 같았다.

"리디아인가."

리디아가 천화에게 몰래 속삭였고, 천화가 거기에 어떻게 반응했는지 혼 또한 알고 있었다. 리디아는 본인의 편으로 사람들을 끌어 들이기 위해 공공의 적을 만드는 그런 스타일이었다. 아마 라비린스 걸즈의 여자들과 친해지기 위해 자신 또한 팔지 않았을까.

혼은 한숨을 내쉬며 말했다.

"조금은 힘들겠네."

"하하하, 그러게요. 별로 그렇게 좋아 보이지는 않네요."

천화가 볼을 긁적였다.

"역시 왔군."

로라가 말했다. 혼은 영문을 모르겠다는 듯이 어깨를 으쓱하며 말했다.

"역시라니, 하긴 이 근처에 안전지대라고는 여기까지밖에 없지."

"다 들었다. 우리가 라비린스 걸즈라는 것을 알고 도와줬다고 하더군. 도와준 건 감사하나 원하는 게 무엇인지 묻고 싶은데."

혼은 얼굴을 굳혔다. 뭐 여기까지 알고 있으면 더 이상의 연기는 무의미했다. 허나 도와줬다는 사실은 변하지 않는다. 어느 정도 부탁은 할 수 있을 것이다.

"그래, 뭐 거기까지 안다면 단도직입적으로 말하지. 여기 지나갈 수 있게 해줘. 이 사막을 더 걷고 싶지는 않거든."

혼은 부탁한다는 듯 손을 모으고 말했다. 로라는 살짝 인상을 썼다. 이 남자의 말을 어디까지 믿을 수 있을까. 여자를 데리고 다니고 있고, 그 여자의 얼굴에 어두운 빛이 없는 걸로 보아 완전한 악인은 아닌 듯싶었다. 하지만 그 첫 번째 미로의 사람이라고는 믿을 수 없는 강함. 그게 마음에 걸렸다. 만약 이 남자가 흑심을 품으면 라비린스 걸즈가 궤멸 될 수도 있다는 생각이 들었기 때문이다.

'신중할 필요가 있다.'

죽을 위험에서 이 혼이라는 남자가 도와줬고, 리디아라는 여자 또한 이 남자가 구해준 것이나 다름이 없었다. 점수를 가져갔고, 물건을 가져갔다고 치더라도 혼이 리디아를 모래지옥에서 꺼내줬다는 사실에는 변함이 없으니.

"어떡할 거야?"

로라는 잠시 생각하다 이상한 점을 발견했다. 이 남자는 원한다면 뚫고 지나갈 수 있지 않은가. 혼이 괴수와 싸울 때 보여준 움직임이라면 안전지대를 통과하는 것도 그렇게까지 어려운 일은 아닐 것이다.

물론 라비린스 걸즈가 가만히 있지는 않을 테니 트러블은 생기겠지만.

로라는 괜히 혼을 굶기보다 은인으로 대접해주기로 마음을 먹었다. 지금은 저자세로 나오고 있지만 혼이 언제 마음을 고쳐먹고 공격할지 모르기 때문이다.

"좋아, 들어와라."

"로라 대장. 잠깐만요. 남자를 들이겠다니, 단장한테 허락을 받아야……."

"그 허락을 받으러 가는 거야. 그리고 이 남자가 부엉이 대를 살린 건 사실이니까."

로라의 말에 정찰대가 반문했지만 로라는 아랑곳 않고 들어갔다. 혼은 씩 웃으며 천화를 돌아봤다. 천화도 안도의 한숨을 내쉬고 있었다. 내색은 안했어도 사막을 횡단하는 것은 꽤나 힘든 일이다. 다시 돌아가지 않아도 된다는 생각에 안도하고 있는 것이었다.

'일이 이렇게 쉽게 풀리면 좋으려만.'

혼은 그렇게 생각하며 로라의 뒤를 따라갔다.

조금 더 걸어 들어가자 나무들이 하나 둘 나타나기 시작했다. 밑동이 크고 이상하리만큼 크게 자란 나무들은 마치 아마존을 연상케 했다. 즉 이 지역에는 물이 많다는 뜻이었다. 햇빛이 가려지니 온도도 확 내려가 선선했다.

천화는 추운지 셔츠를 꺼내 입으며 말했다.

"완전 다른 세상이네요."

"그래, 안전지대라고 하더니 햇빛으로 부터도 안전지대구만."

"동물들도 많고, 열매도 많고, 물도 많다. 점수를 굳이 쓰지 않아도 자급자족이 가능하지."

로라는 자랑스럽게 말한 뒤 앞쪽을 가리켰다.

"저기가 라비린스 걸즈의 안전지대다."

벽이 사라지고 넓은 공터가 나타났다. 아니, 공터라고 하기에는 너무나도 넓었다. 천화나 제 3 기사단이 있었던 곳이 운동경기장만 했다면 이곳은 적어도 하나의 구(區) 정도는 되는 거 같았다.

입구에는 엄청난 양의 목책이 세워져 있었다. 그 뒤에는 수많은 여자들이 무장을 한 채 대화를 나누고 있었다. 나무 위로도 망루 같은 것이 만들어져 있어 침입자를 저

격할 수 있게끔 되어 있다.

"굉장히 경비가 삼엄하군."

"정찰대가 봉화를 올리면 바로 전투준비를 할 수 있게 만들어져있다. 입구는 이곳 하나 뿐이라 준비도 쉬웠고."

로라의 말에는 감히 덤빌 생각을 하지 말라는 무언의 경고가 깔려 있는 거 같았다. 혼은 신경 쓰지 않고 걸어 들어갔다. 여기저기서 수군거리는 소리가 들렸다. 하나같이 왜 남자가 들어왔는지 이해가 안 된다는 얼굴들이었다.

그렇게 한참 안쪽으로 걸어가자 수많은 집들이 나왔다. 아직도 많은 양이 공사 중이었다. 직접 나무를 잘라 만든 집들은 꽤나 정교하게 만들어져 있었다. 로라는 공사를 하고 있는 사람들에게 가더니 입을 열었다.

"단장. 말했던 녀석들입니다."

지붕을 올리고 있던 여자가 흘깃 로라를 쳐다봤다. 여자는 두건으로 머리를 감싸고 있었고, 검은 티에, 편해 보이는 긴 바지를 무릎까지 접어 입고 있었다. 노란 머리의 여자는 씩 웃고는 말했다.

"어, 로라~! 기다려, 기다려."

여자는 펄쩍 뛰어내렸다. 3미터는 넘어 보이는 높이였지만 여자는 망설임이 없었다. 여자는 곧장 혼의 앞으로 왔다.

"이 사람이 네가 말한 도와줬다는 그 남자야?"

"네, 일단 데리고 와봤습니다."

단장은 매우 아름다웠다. 백인임에도 잡티가 전혀 없는 피부. 풍성하게 진 금발 웨이브. 마치 중세시대를 배경으로 한 영화의 기품 있는 공주를 보는 것만 같았다. 혼은 고개를 살짝 숙이며 말했다.

"안녕하십니까?"

천화도 덩달아 고개를 숙였다.

"그럼 남자분의 이름은 혼이고. 여자분 이름은?"

"천화라고 합니다."

"단도직입적으로 물을게요. 이 남자 분 괜찮아요?"

단장의 물음에 천화가 흠칫 놀라며 혼을 쳐다봤다. 혼이 괜찮은가. 매일같이 놀려대고, 시키는 일도 많고, 상처 받는 말도 툭툭 내뱉기는 하지만 일단은 좋은 사람이었다. 지구에 있을 때 킬러였다고는 하지만 미궁에서 천화가 본 혼은 남에게 피해를 주는 인간이 아니었다.

"네, 좋은 사람입니다."

"어머, 둘이 사귀어요?"

단장이 입을 가리며 말했다. 천화는 얼굴을 빨개져서는 고개를 흔들었다.

"절대로 아닙니다."

"이야, 상처 받겠다. 절대 아니라니. 그냥 아니라고 하면 되지."

혼이 풀이 죽은 척 말하자 천화가 또 고개를 흔들다 푹 숙였다.

"조, 조금은 가능할 수도……."

"아니, 절대 그럴 일 없어."

"좋은 사람이 아닌 거 같습니다. 사막으로 돌아가죠. 혼씨."

천화는 곧 바로 스탠스를 바꿨다. 단장은 그 모습을 보고 있다가 쿡쿡거리며 웃었다.

"뭐 괜찮은 사람인 건 알겠네요. 그럼 조건이 있어요."

단장은 뒤쪽에 있는 집들을 가리키며 말했다.

"보수공사 좀 같이 해줄래? 저번에 비바람이 심하게 몰아쳐서 많이 부서졌거든."

"사막을 걷는 것보다는 나을 거 같네."

혼은 그렇게 말하고 뒷말을 덧붙였다.

"그런데 일단 좀 쉴 수 없을까?"

단장은 피식 웃더니 주위에 있는 여자에게 말했다.

"보수 다 된 집하나 내줘. 하나면 되지?"

거기서 두 개를 달라고 할 만큼 혼은 뻔뻔하지 않았다. 애초에 보수를 하고 있는 집들은 주인이 있었을 것이다. 혼과 천화가 들어가면 원래 집주인은 다른 곳으로 옮겨가야했다.

혼과 천화가 쉬러 간 뒤 로라는 단장에게 물었다.

"괜찮겠습니까?"

"왜? 그 남자는 나쁜 사람이 아니던데?"

"단장님의 혜안은 잘 알지만 그래도 혹시라는 것이 있지 않습니까."

단장은 로라의 말에 씩 웃었다.

"걱정하지 마. 내가 누군데. 그보다 그 리디아라는 애는 잘하고 있어?"

"일단 보수공사를 시켰습니다만."

"흐음~ 그래?"

단장은 보수공사가 한창인 곳을 바라보며 말했다.

"잘 보고 있어."

❖

'오자마자 이게 뭐야. 어디가 여자들의 천국이야? 파라다이스냐고!'

리디아는 곧 바로 공사현장에 참가하게 되었다. 길드원이 되기 위해서라면 무조건 일을 해야 한다나 뭐래나.

얼굴만 예쁘장한 단장의 태도도 마음에 안 들었다. 물론 아쉬운 것은 리디아였지만 오자마자 얼굴만 보고는 바로 보수공사를 하지 않을 거면 돌아가라니.

"아악!"

리디아는 분노의 망치질을 하다가 손을 찧고는 울상을 지었다. 리디아는 라비린스 걸즈에 들어오면서 수많은 사람들을 스캔했다. 이곳은 완벽한 계급사회였다. 비록 계급끼리의 차별은 없었으나 심적인 높낮이는 어쩔 수 없었다.

단장을 왕으로 보았을 때 사냥조를 비롯한 귀족들, 정찰대와 치안대가 부르주아, 음식을 하거나 필요한 물품들을 만드는 장인들이 평민, 그리고 아무것도 하지 못해 모든 잡일에 동원되는 천민.

리디아는 천민이었다. 아무도 천민이라고 부르지는 않지만 급을 나누기 좋아하는 리디아는 용납할 수 없었다.

"신입, 내려가서 못 가져와. 창고에 많이 넣어오면 돼."

리디아가 엄지손가락을 호호 불고 있을 때 옆에서 일하고 있던 여자가 말했다. 리디아는 아랫입술을 깨물었다. 그 천민들 중에서도 신입인 자신은 가장 밑바닥이었다. 그녀는 방긋 웃으면서 여자들을 돌아봤다.

"네, 그럴게요."

일단을 따르는 수밖에 없다. 아직 제대로 된 아군을 만들지 못했기 때문에 어쩔 수 없는 것이다. 그렇게 못을 창고에 넣은 리디아는 한숨을 내쉬었다. 그때 옆으로 지나가는 한 남자가 보였다.

"……혼?"

진짜로 들어오다니. 남자들을 안 받겠다고 하지 않았나? 리디아는 재빨리 뒤를 돌아 사다리를 타고 올라갔다.

그렇게 리디아와 지나친 혼과 천화는 안내를 받아 빈집으로 들어갔다. 가볍게 감사의 인사를 건네고 들어간 천화는 망설임 없이 침대로 몸을 던졌다.

"이야, 침대라니! 오랜만이다."

"아서라, 부서지겠다."

천화는 아랑곳 않고 발장구를 치며 안락함을 만끽하고 있었다. 혼은 약간 지친 듯 테이블에 앉으며 한숨을 내쉬었다.

"저 여자 장난이 아니네."

"어떤 여자요?"

"단장 말이야. 단장."

"아, 외모가 장난 아니긴 하더라고요. 혹시 반했어요?"

천화는 어느새 침대 위에 앉아 물었다. 혼은 한심하다는 듯이 천화를 쳐다보다가 고개를 내저었다.

이곳, 라비린스 걸즈의 단장은 범인이 아니었다. 마치 자신이 전부 벗겨진 듯한 단장의 시선에 혼은 적잖이 당황했다. 그것을 내비치지만 않았을 뿐. 족히 200명은 넘어 보이는 길드의 수장은 역시나 뭐가 달라도 다른 느낌이었다.

'적어도 표정을 읽는 스킬과, 사람의 기본적은 성향을 알아차리는 기술은 나와 비슷하다고 봐야겠지.'

혼은 의미심장하게 웃었다.

오늘의 보수공사가 끝나고 혼과 천화는 배정받은 집으로 들어갔다. 천화가 씻고 있을 동안 혼은 고기를 구우며 저녁준비를 했다. 그때 웨이브 머리를 한 단장이 다가왔다. 혼은 눈만 힐끗 올려 그녀를 보았다.

"뭔 일이지?"

"앉아도 될까요?"

"마음대로."

단장은 혼의 앞에 앉더니 다리를 꼬며 손잡이 위에 올린 오른손으로 턱을 지탱했다. 그녀는 그렇게 한참을 혼을 보더니 천화가 나오자 눈길을 돌렸다.

"고기 다 익었어요? 어머? 단장님."

천화는 미소를 지으며 단장에게 걸어왔다. 그리고는 고개를 갸웃거리며 혼을 툭 쳤다. 단장이 왜 여기 있냐는 것을 물어본 것이다. 혼은 어깨를 으쓱하는 것으로 대답했다. 그러자 천화가 물었다.

"실례지만 여긴 무슨 일로?"

"당신들 색깔이 참 예뻐요."

"네?"

천화가 혼의 눈치를 보았다. 도대체 무슨 짓을 했냐고 물어보는 것이다. 혼은 또 다시 어깨를 으쓱하고는 단장을 쳐다봤다. 그녀는 마치 무슨 예술품을 보듯 매우 흐뭇하게 두 사람을 쳐다보고 있었다.

"시인입니까? 아니면 공감각?"

"공감각 정답~."

단장은 그렇게 말하며 다리를 풀었다.

"내 이름은 테오리스. 테오라고 불러주세요."

"그래서 우리를 받아준 건가?"

혼이 질문을 하고 있을 때 천화가 일단 말을 끊으며 들어왔다.

"잠깐! 공감각이 뭡니까?"

"한 감각이 다른 감각과 동시에 이어지는 걸 뜻해. 예를 들어 어떤 그림을 봤을 때 단맛이 나기 시작한다거나, 특정한 숫자가 다른 색깔로 느껴진다던가."

"맞아요. 내 경우에는 인간의 성격이 색깔로 보여요."

"성격을 볼 수 있다는 것만으로도 초능력 같은데 공감각이라니?"

"공감각이 아닐 수도 있죠."

절대기억인 천화 다음에는 성격을 보는 여자인가. 이 미궁의 여자들은 초능력자들이 꽤 많은 듯싶었다. 천화가 납득을 하고 고개를 끄덕일 때, 혼이 질문을 다시 이어갔다.

"그래서 우리의 성격이 보여서 받아준 건가?"

"그래요. 보통의 남자들은 지나간다고 해놓고 핑크색이 막 올라오죠. 혼씨는 완전 회색, 저 천화 씨는 완전 파란색. 그렇게 한 가지 색이기도 힘든데 말이죠."

"혹시나 해서 물어보는데 핑크색은 뭐지?"

"성욕."

예상했던 대로다. 완전무결한 사람이 아니고서야 이성에게 성욕을 느끼는 것은 당연하다. 혼도 지금 당장 의식의 끈을 풀어버리면 본능대로 성욕이 튀어나올 것이다. 그러나 혼은 쓸데없는 욕구를 완벽하게 단절하고 있었다. 한마디로 회색. 원하는 것도, 싫어하는 것도 없는 공허한 상태였다.

파란색은 선함을 뜻한다. 정의롭고, 자신만의 신념이 뚜렷하며 남에게 절대로 피해를 주지 않는 사람만이 가지고 있을 수 있는 색깔이었다. 단색의 색깔을 가진 인물은 만나기 어렵다. 테오는 그 부분에 흥미가 돋아 두 사람을 생각조차 않고 받아준 것이었다.

"그래서 그쪽은 어떤 사람인가요?"

"보이는 대로의 사람."

혼은 단답으로 대답했다. 그러면서 다 익은 고기를 접시로 옮겨 식탁위로 옮겼다. 천화는 두 사람의 밥을 퍼 상을 차리고 있었다. 테오는 아주 당당하게 말했다.

"내 것도 부탁해요."

천화가 난감하다는 듯 말했다.

"저, 두 사람 치 밖에 안했는데요."

"그럼 나눠먹으면 되겠다."

테오는 그렇게 말하며 혼을 쳐다봤다.

"아니, 그냥 가."

"저랑 말하기 싫어요?"

"부탁하러 온 거 아니야? 보수공사면 됐지 또 뭘 부탁하려고 왔어?"

혼이 무심하게 말했다. 테오는 호오~하고 놀라했다.

"정확한데요? 어떻게 알았어요? 혹시 공감각?"

"부엉이대의 반 이상이 죽었고, 마을을 대충 훑어보니 사냥대는 대충 3개에서 많아봤자 5개. 즉 손실이 엄청나다는 거야. 여기 적어도 300명은 넘을 거 같은데. 그걸 누가 다 먹이나?"

"사냥대는 3개에요. 정찰대는 신체 부분각성만 한 사람들로 구성했고, 사냥대는 적어도 신체 2단계 이상이어야 들어갈 수 있죠. 대부분의 여자들은 신체 1단계도 제대로 각성하지 못했기 때문에 사냥대를 꾸리는 건 굉장히 힘들어요."

"그래서 우리한테 사냥 좀 해서 각성자를 만드는 데 도와 달라. 그런 부탁을 하러 온 거잖아."

"그래, 맞아요. 말이 잘 통하네요?"

"잘 통하지 않아. 안 하겠다고."

"부엉이대가 4명이나 비어요. 3명은 중상이라 복귀가 불가능하고 한명은 다시 합류한다 하더라도 5명이죠. 적어도 6명은 되어야 사냥이 가능한데."

"아, 그래? 그럼 그 리디아 있지. 새로 들어온 애."

"네? 아, 그 이상한 색깔의 여자."

테오는 고개를 끄덕였다.

"걔 써. 아마 2단계는 했을 거야?"

"네? 어떻게 알아요?"

"내가 좀 그런 눈치가 빠르거든."

리디아의 각성상태가 최소 전신각성이라는 것은 쉽게 예측할 수 있었다. 미궁이라는 곳은 홀로 어디를 찾아가겠다고 움직일만한 곳이 아니었다. 그런데 리디아는 사막에 홀로 들어왔다. 이는 자신의 실력에 어느 정도 자신이 있어야만 가능한 것이었다.

정기적으로 신문을 구독하는 거 같았으며, 비축하고 있던 점수도 최소한 100점이 넘었다. 라비린스 기초 상식도 봤을 것이다.

축적하고 있는 점수는 그 사람의 각성정도를 알아볼 수 있다. 100점 이상을 가지고 있다는 것만으로도 그녀가 부분 신체각성을 했다는 사실을 짐작할 수 있었다. 아니라면 이미 써버렸을 확률이 높기 때문이다. 부분각성만으로 혼자 다닌다는 것은 자살행위나 다름이 없기 때문에 그보다 강할 것이라 예측이 가능했다.

"그러면 전신각성이겠지. 사실 전신각성정도만 되면 가끔 만나는 상위 괴수들 빼고는 다 상대할 수 있잖아?"

"그렇군요. 그런데 리디아씨는 색깔이 좀 그래서."

"색깔? 성격 말인가 본데."

혼은 잠시 생각하다 말했다.

"대부분 그렇지 않아?"

혼이 본 리디아는 이기적이고 자신만을 돋보이게 하고 싶어 하며 본인을 단련하기 보다는 남을 끌어내리는 것에서 본인의 존재가치를 찾는다. 테오는 고개를 절래 흔들며 말했다.

"뭐, 사냥대에는 어울리지 않다는 거죠."

"무슨 색인데?"

"보라색, 갈색, 또 남색이랑, 안 좋은 색깔로 무지개를 만들었다고나 할까."

"그게 뭘 뜻하는데?"

"시기가 강하고, 이기적이며, 죄책감이 없고……."

"완전 소시오패스잖아."

"하지만 생존본능이 강하죠. 진화가 잘 된 사람이라고 볼 수도 있을 거 같네요."

"그런 애도 필요할거야. 그 부엉이대는 너무 정이 많아. 내가 안 도와줬으면 너희는 부엉이대가 어떻게 되었는지도 모르고 살고 있을 걸? 원래 상황이 그 정도로 나빠지면 부상병들은 버리고 정보 전달을 우선으로 삼아어야 해. 최소한 한명은 도망을 쳤어야 한다는 거지. 리디아가 그 역할을 잘하겠네."

"듣고 보니 그런 면도 있겠네요."

테오는 씩 웃고는 자리에서 일어났다.

"혹시 안 되면 도와줘야합니다?"

"내가 왜?"

"그럼 못 지나가게 할 거니까요."

"그럼 다 죽이고 가지."

혼이 차갑게 말하자 테오가 고개를 절래 흔들었다.

"천화씨 보니까 그렇게 못할 거 같은데요?"

되도 않는 협박이었다. 천화가 동그랗게 눈을 뜨고 멀뚱멀뚱 테오를 쳐다보고 있다. 혼은 한숨을 쉬고는 손짓했다.

"빨리 가라."

❖

그날 이후, 리디아는 당연하게도 사냥대에 들어갔다.

원래부터 잡일은 천민들이나 하는 것이라고 생각하고 있던 리디아였다. 조금이라도 더 높은 위치에 설 수만 있다면 위험 정도는 감수할 수 있다고 리디아는 생각했다.

부엉이대는 부상자가 있어 한동안 사냥을 나서지 않았다. 리디아는 부엉이대의 사람들과 친해져 오로지 그들과 붙어 다녔다. 그리고 그녀는 일종의 정치를 시작했다.

1주일. 부엉이대의 사람들과 리디아가 친해지기에는 충분한 시간이었다. 간부 중 하나인 로라는 항상 단장의 옆을 지켰기 때문에 부엉이대의 실질적인 대장을 리디아가 먹었다.

어떻게? 방법은 간단하다. 우월함을 심어준 것이다. 누구나 사냥대가 안전지대에서 잡일이나 하는 사람들보다는 더 유능하고 쓸모 있다는 것을 알고 있었다. 허나 라비린스 걸즈에 눈에 띄는 계급은 없었다.

리디아는 인간의 본능을 끌어냈을 뿐이다.

"우리가 항상 사냥을 해서 점수를 얻어오는 데 저년들은 왜 인사도 안 해요?"

"아니, 집에서 안전하게 놀고먹으면서 고작 보수공사 좀 한다고 같은 음식 먹어야 돼요?"

사소한 불만, 하지만 사냥대라면 누구나 한번쯤은 생각

했을 법한 불만.

　리디아는 그것을 일깨워주는 것으로 라비린스 걸즈에 계급을 만들어버린 것이다. 누군가가 옆에서 부추기는 것만으로도 불만이 타당하다고 생각하는 것이 보통의 인간이었다. 오늘도 부엉이대의 사람들은 5명이서 몰려다니며 보수공사가 한참인 곳에서 과자를 먹고 있었다.

　"야, 저기 가서 물 좀 가져다줄래?"

　리디아가 보수공사를 하고 있는 여자에게 말했다. 예전에는 리디아의 사수였던 여자였다. 여자는 흘깃 리디아를 쳐다보고는 무시하고 못을 박았다.

　"말 안 들려? 야, 물 좀 떠오라고."

　"직접 가지러 갔다 오지. 지금 바쁜데?"

　"미친년. 너 지금 누구한테 뭐라고 하는 거야?"

　리디아가 어이가 없다는 듯 웃으며 말했다. 그 옆에 있던 부엉이대의 여자들도 한마디씩 거들었다. 대부분이 우월한 우리가 참아야한다는 내용이었다. 한 마디로 착한 척 하며 상대를 깎아내리는 것이었다.

　"예상했어요? 저런 거."

　"못 했어?"

　친화의 질문에 옆에서 보수공사를 하고 있던 혼이 되물었다. 천화는 고개를 끄덕였다.

　"누가 예상해요. 저런 걸."

천화의 표정은 좋지 않았다. 한국에서 중학교를 다녔던 천화는 당시 왕따를 당했던 동급생을 생각해냈다. 여자들의 사회는 남자들의 사회보다도 더 험악하면 험악했지 절대 아름다운 곳이 아니었다.

"뭐라고 하는 게 좋지 않아요?"

"왜? 직접적으로 때리거나 괴롭히거나 하는 건 아니잖아. 쟤들 다른 애들한테도 저러던데 뭐. 그리고 네가 도와주면 뭐할 건데. 차라리 단장한테 말하는 게 빠를걸?"

어차피 천화와 혼은 금방 떠날 사람이었다. 천화가 나서면 리디아는 찍소리 못할 것이 분명하지만 천화가 떠나고 난 뒤 남아있는 사람들에게 보복을 할 가능성이 있었다.

"그리고 우리랑 친한 사람도 아니잖아. 그냥 무시해. 그리고 너, 난 겁나게 하고 있는데 지금 놀고 있는 거 같다."

"놀고 있다니요. 잠시 휴식. 헤헤."

천화는 그렇게 말하며 다시 망치를 들었다.

그날 천화가 단장인 테오에게 말했지만 테오는 별로 신경도 쓰지 않는 듯싶었다. 어차피 사냥대는 밖에서 생활을 하기 때문에 안전지대로 들어오는 경우가 별로 없었으며 만일 돌아오더라도 몇 주 쉰 다음에 바로 또 다시 사냥을 나간다는 이유였다. 즉 부엉이대도 회복이 끝나는 대로 다시 사냥을 나가야 한다는 것이다.

"그래서 별로 상관이 없답니다. 게다가 부엉이대는 내일 다시 사냥을 떠나기 때문에 괜찮을 거예요."

테오의 말대로 다음 날 리디아를 비롯한 6명의 부엉이대가 다시 사냥을 나섰다. 보통은 열렬한 환영을 받으며 나가지만 부엉이대는 아주 조용하게 나섰다. 대장인 로라는 한숨을 쉬며 혼과 천화를 돌아봤다.

"돌아왔을 때는 없을 거 같군. 도와줘서 고마웠다."

그 말을 마지막으로 부엉이대는 떠났다.

바로 다음 날, 보수공사가 끝났다. 다음 날이면 혼과 천화도 떠나는 날이었다. 딱히 친해진 사람도 없었으니 그냥 쓱 나가버리면 되는 것이었다. 마지막으로 최대한 뒹굴거리고 있던 천화의 귀에 웅성거리는 소리가 들렸다.

"혼씨, 밖에 뭔 일 났어요?"

옆에서 팔굽혀펴기를 하던 혼이 벌떡 일어나 창문 밖을 보았다. 횃불이 환하게 밝혀주고 있었기 때문에 상황을 대충 볼 수 있었다. 창밖으로 여자들이 허겁지겁 옷을 입으며 달려가고 있었다.

"부엉이대가 돌아왔다고? 벌써?"

혼은 창문을 닫고 천화에게 말했다.

"부엉이대가 돌아왔다던데?"

"몇 주는 나가 있을 거라고 하지 않았어요?"

"뭔 일이 났나보지."

몇 주나 나가 있어야 하는 사냥대가 지금 돌아왔다는 것은 안 좋은 일이 있기 때문이다.

사냥이라는 것은 확률이다. 라비린스 걸즈에게는 사냥대마다 도는 루트가 있다고 했다. 그것은 너무 강한 사냥감은 나오지 않으며, 6명에서 충분히 잡을 수 있는 중상위 괴수들이 나오는 지역일 것이다. 즉 저번 부엉이대가 전멸할 뻔한 것과 같은 불상사는 아주 드물게 일어난다는 것이었다.

"그런데 또? 엄청 재수가 없나 보네."

혼과 천화도 궁금증에 밖으로 나가보았다. 입구까지 나가자 수많은 인파 사이로 부상을 당한 리디아의 얼굴이 보였다.

그녀는 이마에서부터 피를 흘리고 있었으며 오른팔을 축 늘어트리고 있었다. 그 뒤로는 로라를 제외한 대원들이 보였다.

그런 리디아에게 단장인 테오가 다급하게 달려갔다.

"리디아 씨, 무슨 일입니까?"

테오의 얼굴에는 당혹감이 서려 있었다. 고작 하루 만에 돌아온 것이다. 확률적으로 하루 만에 강한 괴수를 만나는 일은 드물다. 리디아는 죄송하다는 말만 거듭하며 눈물을 흘리고 있었다.

"로라 씨가, 로라 씨가……."

말을 안 해도 상황은 알 수 있었다. 라비린스 걸즈의 사람들은 전원 침묵에 빠졌다. 천화도 입을 가리고 심각한 표정을 지었다. 단 한 명, 혼만이 냉정하게 상황을 주시하고 있을 뿐이었다.

테오는 일단 리디아를 위로하고 있었다.

"리디아씨, 어떻게 된 거예요? 괜찮아요. 말 해보세요."

"모르겠어요, 괴수가 바닥에서 튀어나오면서……. 그래도 로라 대장이 지켜주셔서 다들 이렇게."

리디아는 말을 잇지 못하고 오열했다. 뒤의 대원들도 고개를 숙이고 훌쩍이고 있었다. 혼은 앞으로 걸어 나갔다.

"어이, 테오. 얘, 색깔이 뭐야?"

"색깔이요?"

"그래 색깔."

테오는 영문을 모르겠다는 듯 머뭇거리다 입을 열었다.

"살짝 바뀌었어요. 냉정의 색깔이 더 들어간 거 같고. 그게 왜……."

리디아는 얼굴을 가리고 있던 손을 내리고 혼을 쳐다봤다. 혼은 그녀의 눈을 노려보다가 대수롭지 않다는 듯 몸을 돌리며 말했다.

"아니, 봐봐, 무릎. 저거 돌아갔지? 저 정도로 돌아가면 못 걷거든. 근데 태연하게 걸어들어 왔잖아. 이상하다 싶어서."

리디아의 얼굴에 짜증이 살짝 보였다. 혼도 캐치하기 힘들 정도로 살짝 미간이 찌푸려졌었던 것이다.

리디아는 혼의 말을 듣고는 고통스러워하며 주저앉았다. 약간 뒤늦은 상황이었다. 하지만 리디아는 낭패감이 서린 얼굴로 다리를 쳐다보고 있었다.

리디아의 노림수를 혼은 알 것도 같았다. 인간은 극한의 상황이 되면 자신이 다친 줄도 모르고 움직인다. 다리를 삐끗했는데 아무 고통 없이 뛰던가, 크게 베였음에도 눈치를 채지 못하던가.

하지만 저건 다르다. 관절이 돌아간 것이다. 보통의 인간이라면 앞으로 걷다가 무너져 내렸을 것이다. 아파서 못 걷는 것과, 절대로 걸을 수 없는 것은 차이가 있다.

현재 리디아는 이상하다. 혼은 확신하고 있었으나 여기서 나서는 것은 저능아나 할 짓이었다.

천화와 혼은 내일 떠나고, 라비린스 걸즈에 뭔 일이 일어나던 상관이 없는 몸이었다. 괜히 여기서 리디아를 추궁하다가 혼이 나쁜 놈으로 몰릴 가능성도 있었다. 여자란 감정에 약한 생물이니까.

"그래, 뭐 그러면……."

"거기 멈춰!"

혼이 그렇게 말하고 빠져나가려는 순간 뒤에서 여자의 외침이 들렸다. 모두의 시선이 돌아갔다. 그곳에는 로라가 빠진 어깨를 축 늘어트리고, 돌아간 발목을 질질 끌며 걸어오고 있었다. 부엉이대를 비롯한 라비린스 걸즈 단원들의 얼굴이 창백해졌다.

리디아의 말에 따르면 로라는 죽었다고 했다. 게다가 저건 살아있는 사람의 몰골이 아니었다. 허나 혼은 로라가 살아있다고 생각했다.

'저 정도로 사람이 죽지는 않지. 죽을 듯이 아프겠지만.'

"마, 막아요! 저건 기생괴수에요!"

"맞아요! 죽은 로라 대장님을 조종하고 있는 거예요."

리디아가 급하게 외쳤다. 부엉이대의 사람들도 사색이 되어 외쳤다. 기생괴수? 모두가 리디아의 말에 의문을 표했지만 금세 전투태세를 갖추었다. 기생괴수라는 이름만으로도 지금 로라의 상태가 좀비처럼 변했다는 것은 쉽게 알아차릴 수 있었다.

만약 사실이라면 말이지.

로라는 괴로워하고 있었다. 저건 연기가 아니라 진짜였다. 보통 좀비들은 살이 썩어 떨어지건, 다리가 날아가던 우워, 우워거리면서 걸어오지 않던가. 혼은 테오를 보았다. 테오는 심각한 얼굴로 리디아를 쳐다보고 있었다.

그런 테오에게 혼이 말했다.

"네가 생각하는 게 맞아."

"그렇습니까?"

"어."

혼이 고개를 끄덕이자 테오가 검을 꺼내들었다. 그리고 리디아를 향해 내질렀다.

"크흑!"

그 순간, 리디아는 신음소리를 내며 옆으로 피했다. 이어서 혼이 공격했다. 그는 일단 무릎이 박살난 다리부터 잘라낼 생각이었다. 리디아는 신기하게도 벌떡 일어나 뒤쪽으로 간격을 벌렸다. 혼은 비아냥거리며 말했다.

"이야, 잘도 움직이네. 그 다리로."

침묵이 흘렀다. 테오는 한숨을 내쉬었다. 리디아의 움직임은 다친 사람의 움직임이 아니었다. 그 순간 로라가 정적을 깨며 외쳤다.

"그 녀석은 리디아가 아니야!"

"쳇. 어떻게 알았지?"

테오가 말했다.

"로라 대장의 색깔이 붉은 색이었습니다. 희생을 뜻하

죠. 오직 인간만이 희생을 하죠."

리디아는 침을 퉤하고 뱉더니 똑바로 섰다. 그리고는 완전히 다른 사람이 된 것처럼 차갑고 인형 같은 표정을 지었다.

"완벽한 연기라고 생각했는데 말이야."

"인간을 이해 못했잖아. 연기는 내가 좀 하는데 그건 완벽한 연기가 아니야. 능력이 없는 나도 알겠다."

혼은 혀를 차며 손가락을 흔들었다.

"그나저나 그 본체는 어떻게 된 거냐?"

"죽었다고 보는 게 맞다."

리디아와 부엉이대는 사냥을 나갔다가 기생괴수의 습격을 받았다. 그 중에 로라를 제외한 모든 이가 기생괴수에게 죽어 자아를 잃었고, 기생괴수는 더 많은 군대를 위해 이곳으로 온 것이었다.

리디아가 고개를 까딱이자 부엉이대의 전원이 일어났다. 전부 다 기생괴수인 듯싶었다. 뭐, 아니었다면 저기 로라처럼 망신창이가 되어 있던가, 미궁 어딘가에 시체가 되어 굴러다니고 있겠지.

"잠입이 되면 더 쉬울 거라 생각했지만. 이럴 수 없지."

리디아의 말이 끝나기가 무섭게 부엉이대의 대원들은 놀라운 속도로 라비린스 걸즈의 사람들을 공격하기 시작했다. 테오는 이를 악물고 외쳤다.

"망할. 정찰대! 전부 모여서 진을 짜세요!"

테오의 말에 여자들이 우르르 모였다. 하지만 리디아는 눈으로 쫓기도 힘든 속도로 달려들어 라비린스 걸즈의 여자들을 반으로 쪼개고 있었다. 테오는 검에 오러를 둘렀다.

'오러각성인가?'

퍼스트 마스터가 되는 것보다 오러각성을 하는 것이 훨씬 싸게 먹혔기 때문에 대부분의 사람들은 신체 3단계를 찍기 보다는 오러각성으로 넘어간다. 오러 1차는 오러를 무기나 몸에 두르는 것이고, 2단계는 방출이었다.

테오가 달려들자 리디아는 멈췄다. 그러나 나머지 대원들이 물 만난 물고기마냥 살육을 즐기고 있었다. 혼도 예외가 아니었다. 부엉이대의 여자가 달려들자 혼은 세버런스로 여자의 목을 잘랐다.

"귀찮게 되었네. 엄호해."

"그러죠."

천화도 수호설을 꺼내들고 자세를 잡았다. 이대로 두면 라비린스 걸즈는 전멸이었다. 테오를 제외하고는 제대로 된 전력이라고는 없었다.

물론 정찰대가 어떻게든 싸우고 있었으나 시간문제였다. 애초에 기생괴수에게 감연 된 부엉이대는 단순한 전신 각성자들이라고 보기에는 이해할 수 없는 움직임을 보여줬다.

"그나저나 안전지대에는 못 들어오는 거 아니었어?"

"안 들어오는 거죠. 못 들어오는 게 아니에요."

천화가 말했다.

"뭔가 목적이 있으면 들어오기도 하죠."

"목적이라?"

기생괴수의 목적은 아무래도 동료를 늘리는 것 같았다. 지금도 죽은 라비린스 걸즈 단원들도 기생괴수들이 무슨 짓을 하자 좀비처럼 벌떡 일어나 싸웠다. 더 이상 시간을 끌면 숫자로 질 것만 같았다.

"너희는 이길 수 없다. 네가 아무리 강하더라도 말이야. 우리는 군단을 만든다."

리디아가 혼을 비웃었다. 혼의 강함은 리디아의 기억을 통해서 알고 있었다. 6명이서 혼을 상대하는 것은 불가능했지만 이미 기생괴수의 숫자는 10명이 넘어가고 있었다. 조만간에 저 혼도 어쩔 수 없는 숫자가 만들어질 것이다.

"이야, 군단이라니. 그런 목적이었어?"

혼은 인상을 썼다. 이 녀석들이 군단을 만들어서 돌아다니면 이곳에서 도망을 치더라도 추격대가 꾸려질 것이 분명했다.

딱 보니까 원래 각성한 능력치에 기생괴수의 능력치가 더해지는 듯싶었다. 그 증거로 부엉이대 대원들보다 이제 막 기생괴수로 변한 정찰대원들이 더 약했다.

즉 혼은 완벽한 숙주였다. 강하고, 퍼스트 마스터였으
니까.

"빨리 죽인다. 보호막 걸어. 절대적으로 공격만 할 거니
까."

"네, 알겠어요."

천화는 정신을 집중해 혼에게 보호막을 걸었다. 혼은
신속을 발동하고 사람들을 헤치며 부엉이대의 대원들, 기
생괴수들을 제거했다.

하지만 하나를 없애면 다시 하나가 늘어나고, 또 하나
를 없애면 다시 하나가 늘어났다. 화염방사기 같은 거라
도 없는 이상 어떻게 할 방법이 없다.

'게임처럼 광역기가 있는 것도 아니고.'

혼은 잠시 생각하다가 고개를 갸웃했다. 광역기라면 있
지 않던가.

마하 1에서 퍼져 나오는 충격파는 여파가 굉장하다. 소
리만으로도 사람들을 놀래 자빠트리게 가능한 것이 마하
1이었다. 그렇다면 마하 2는 어떨까? 초속 680m의 마하
2가 만들어내는 충격파는 근처의 모든 사람들을 날려버
리고도 남을 것이다. 그러나 몸이 버티지 못한다.

'아직 마하 2는 불가능한데.'

혼은 천화에게 외쳤다.

"보호막을 내 몸에 씌울 수 있나?"

"가능해요!"

천화는 정신을 집중해 보호막을 최소화 시켰다. 그러자 혼의 몸이 파란 비닐 옷을 입은 듯 빛났다.

"버틸 수 있지?"

천화는 고개를 끄덕이고는 진지한 표정을 했다. 혼은 망설이지 않고 마하 2의 속도를 낼 사전준비를 했다.

다리의 근육이 압축되는 듯한 느낌과 함께 공간이 비틀렸다. 눈앞에 있던 모든 적들이 한순간에 느려졌다.

시간은 상대적이다. 혼의 시간은 남들보다 느리게 가고 있는 것이었다. 초속 680m의 속도로 이동하는 혼에게 다른 사람들의 움직임은 마치 멈춰져있는 것과도 같았다.

혼은 마하 1을 쓸 때보다 더욱 더 편안함을 느꼈다. 수호설의 보호막은 완전히 혼의 몸에 달라붙어 외부의 압력을 튕겨 내주었다. 덕분에 혼은 지나가는 길에 있던 기생괴수들을 전부 베어버리고 목적지에 도착했다.

0.1초의 침묵. 그리고 공기가 폭발했다.

소닉붐이 고막을 찢었고, 사방으로 퍼진 공기의 압력이 모든 사람들을 뒤로 자빠트렸다.

그 와중에도 천화는 본인에게도 보호막을 걸어 버렸다. 덕분에 서 있는 사람이라고는 혼과 천화, 단 둘 뿐이었다.

"크윽."

아무것도 들리지 않는다. 테오는 삐이~ 하고 울려오는 귀를 부여잡으며 일어났다.

신속이라는 능력. 퍼스트 마스터라는 존재는 언제나 강력했다. 어떤 이는 몸을 강철로 만들기도 했고, 어떤 이는 팔이 잘려도 순식간에 재생을 해내기도 했다.

그런 것들은 신문으로 꽤 많이 알려져 있었기 때문에 퍼스트 마스터란 멀면서도 가까운 존재였다.

로라에게서 혼의 능력에 대해 들었을 때, 그것이 신속이라는 것을 테오는 쉽게 알아차릴 수 있었다. 굉장한 속도로 움직이며 싸우는 능력으로 퍼스트 마스터들의 능력 중에서도 나름 강력한 능력이었다.

허나 이 정도는 아니었다.

이런 식으로 신속을 쓸 수 있는 사람은 들은 적도, 본 적도 없다. 신문에 나오는 쟁쟁한 신속의 능력자들도 마하를 넘는 것이 고작이라고 했으니까.

혼은 이레귤러. 보통의 미궁으로 넘어온 사람과는 다른 특별한 것이 있었다.

모두가 쓰러진 찰나는 혼으로 하여금 기생괴수들을 전부 죽이기에 충분한 시간이었다. 혼은 기생괴수가 들어간 사람만을 골라 목을 절단했다.

인간을 죽일 때, 그리고 이런 기생생명체가 들어갔을 때는 목을 따는 것이 가장 확실했다. 좀비 영화에서도 그러지 않던가. 이미 죽은 생명체가 움직이는 것이었으니 심장은 아무 소용없을 것이다.

마지막으로 혼은 리디아에게로 다가갔다.

리디아가 채 몸을 일으키기 전, 혼은 세버런스를 치켜들었다. 그러자 리디아가 당황한 표정으로 혼을 바라봤다.

"이, 이게 무슨 일이에요?"

혼은 잠시 움찔했다. 표정부터 분위기까지 완벽하게 리디아로 돌아왔다. 리디아는 시체로 가득한 주변을 돌아보더니 표정을 일그러뜨렸다.

"다리, 다리가!"

다리만 아프겠는가. 전신이 부서질 듯이 아플 것이다. 다친 상태로 자신의 신체한계를 넘긴 움직임을 보여줬으니.

"아프냐."

혼은 세버런스를 들었다. 리디아는 혼의 눈을 보고 알아차렸다. 이 남자는 지금 자신을 죽이려고 한다. 이유는 모르겠지만 리디아는 혼의 살의에 반응하듯 구걸했다.

"잠깐만요. 애, 애 그러세요. 사, 살려   ."

혼은 아무 말 없었다. 아무리 구걸해도 상황이 달라질 거 같지 않은 그 순간 리디아가 소리를 질렀다.

"죽어!"

리디아가 온힘을 다해 손을 내밀었다. 역시나 혼의 예상대로 기생괴수가 사라진 것이 아닌, 잠시만 리디아를 꺼내놓은 것이었다.

채찍처럼 빠르게 혼을 향해 날아가던 리디아의 손은 수호설의 보호막에 막혀 혼의 바로 앞에서 터졌다. 혼은 무표정하게 리디아의 목을 잘랐다.

"후, 끝났네."

혼이 일어나 뒤를 돌았을 때는 천화가 씁쓸한 표정으로 서 있었다. 소닉붐의 충격 때문인지 대다수의 사람들은 정신조차 차리지 못하고 있었다. 천화는 아무 말 하지 않고 혼의 손을 잡았다.

"뭐라고 하게?"

"아뇨, 잘하셨어요."

천화는 고개를 휙 돌렸다. 테오가 로라에게 달려가고 있었다. 테오는 로라의 뺨을 몇 번 치더니 고개를 떨어뜨렸다.

"죽었네. 저러고 여기까지 온 것도 대단한거야."

혼은 그렇게 말하고 천화를 툭 쳤다.

"뭐하냐? 하루 밤 지낼 수 있는 곳이 아니잖아. 가자."

"지금 가실 거예요?"

"그래, 있어봤자 좋을 거 있겠나?"

"그, 그래도 뭔가 도움을……."

"가자."

혼은 천화를 뒤로하고 걸어갔다. 미궁에서의 일은 전부 잔혹하다. 여자들의 울음소리가 마치 배경음악처럼 깔렸다.

혼은 뒤를 돌아보지도 않았다. 천화도 어쩔 수 없어 혼을 쫄래쫄래 따라갔다.

혼은 하늘을 올려다보며 생각했다.

'괜히 에너지만 낭비했네.'

NEO MODERN FANTASY STORY & ADVANTURE

메이즈 현터

6

Maze Hunter

6

"중앙도시가 코앞이네요."

"도시도 있냐?"

천화는 고개를 갸웃거렸다.

"글쎄요. 그렇게 부르니까 있는 거겠죠?"

"가본 적 없구나."

천화는 고개를 끄덕였다. 꽤 많은 곳을 탐험했지만 중앙도시까지는 갈 수가 없었다. 괴수들도 괴수들이었지만 여행 중 얻은 정보가 전화와 그녀의 아버지의 발을 멈췄기 때문이다.

중앙도시에 들어가서 나온 사람은 없다. 단 한명도 중앙도시에 가봤다는 사람을 만나보지 못했고, 또 만났다는 사람도 본 적이 없었다. 때문에 천화의 아버지는 중앙도시로 가는 것을 거부했었다.

"그러면 중앙도시로 가야 하는 건 어떻게 알아?"

혼이 묻자 천화가 확신에 차 말했다.

"보세요, 모든 길이 중앙도시로 가고 있죠. 즉 출구는 중앙도시예요. 그런데 중앙도시를 비롯해서 그 어떤 곳으로 가도 이 중앙선을 넘어가지 못해요."

중앙도시에 출구는 없었다. 지도만 봐서는 미궁의 반대편으로 넘어갈 수 있는 방법이 없는 것처럼 보였다. 그렇기 때문에 사람들은 중앙도시에서 반대편 미궁으로 보내주는 무언가가 있다고 예상할 뿐이었다.

"어쨌든 돌아온 사람은 없다는 거죠."

"선택권이 없기 때문에 간다는 건가."

"아니면 그냥 미궁에서 사는 수밖에 없어요."

"그건 옵션이 아니지."

천화의 말에 혼이 고개를 흔들며 일어섰다. 앞으로 며칠이면 중앙도시에 들어갈 참이었다. 미지의 두려움은 막상 맞이하고 나면 별게 아닌 경우가 많았다. 걱정해봤자 결정이 나지 않는다면 걱정 없이 맞이하는 것도 나쁘지 않다.

"하지만 들어가기 전에 준비는 할 필요가 있겠어."

혼은 점수를 확인했다. 오버로드를 잡아 얻은 5000점과, 기생괴수를 잡아 얻은 점수, 거기에 지금까지 여행하면서 얻은 점수까지 합해 총 8000점 정도를 가지고 있었다.

혼은 가장 먼저 5000점짜리 점수 구슬을 만들었다. 누군가에게 점수를 넘길 때는 이렇게 점수를 구슬로 변환하여 넘겨주면 된다.

천화도 사냥을 했지만 그래봤자 얻은 점수가 500점도 넘지 않을 것이다.

"이게 뭔가요?"

"뭐긴 뭐야? 너도 퍼스트 마스터가 되어야지."

"퍼, 퍼스트 마스터요?"

천화는 흠칫 놀라며 말했다. 5000점이라는 점수는 일반인이라면 꿈도 못 꿀 만큼 큰 점수였다. 적어도 첫 번째 미로에서는 그러했다. 그 누구도 두 다리 쭉 펴고 자지 못하는 미궁에서 이런 큰 점수를 같이 동행한다는 이유로 넘겨주는 사람은 그리 많지 않을 것이다.

"저한테 주시는 거죠?"

"그럼 누구한테 주겠나?"

"뭘 믿고 주는 건지 참."

이 5000점은 점수라는 물질적인 의미도 있었지만 혼의 신뢰를 보여주는 것이기도 했다. 천화는 광대가 승천하는 것처럼 미소를 지으며 점수를 받았다.

혼은 천화를 만난 것이 천운이라고 생각했다. 이 각박한 미궁에서 믿을 수 있는 내 편을 찾기란 불가능에 가깝다.

그럼에도 혼은 천화라는 의리 있고 능력 있는 동행을 만난 것이다. 만약에 불상사가 일어나 천화를 잃게 된다면 또 다른 동료를 찾을 수 있을 것이라는 확신이 없었다.

"그럼 일단 각성해봐."

천화는 고개를 끄덕이고 심호흡을 내쉬었다. 그녀는 각성창을 가져와 신체 3차 각성을 눌렀다.

천화는 온 몸을 부르르 떨었다. 온 뇌세포가 전부 깨어나 활발히 뛰어다니는 느낌이었다. 새로운 정보가 머리를 때렸고 눈앞에는 수 억 개의 별이 왔다 갔다 했다. 멀어졌던 심장의 고동소리가 북을 울리듯 귀에 울릴 때 혼이 말을 걸었다.

"괜찮냐?"

"아, 네."

천화는 정신을 차리고 말했다. 등과 이마가 땀으로 흥건히 젖어 있었다. 혼은 기대감을 감추지 않고 물었다.

"능력이 뭐냐?"

"저, 그게."

천화는 머리를 긁적이더니 창고에서 단검을 꺼냈다. 혼이 의아하게 쳐다보고 있을 때 천화는 단검으로 자신의 팔을 그었다.

혼은 가만히 천화의 행동을 주시했다. 천화의 팔에 붉은 상처가 나자마자 마치 시간이 돌아가듯 상처가 아물었다.

"재생이라네요."

천화가 씩 웃었다. 신체각성 중에서도 상당히 좋은 각성에 속하는 것이었다. 게다가 혼이 원했던 바로 그 능력이었다. 어떠한 위험에서도 천화가 스스로 살아남을 수 있을만한 능력. 혼은 그런 것을 원했다.

"어느 정도야? 머리가 터져도 살아남는 거야? 아니면?"

"일단 제가 알기로는 정신이 남아있는 한 재생하는 거 같아요.":

"정신이 남아있는 한?"

"그렇죠."

천화의 말에 혼이 심각한 표정을 지었다. 그렇다면 고통에 기절할 경우 다시 정신이 들 때까지 재생이 되지 않는다는 소리였다.

고통과 재생은 별개였다. 사람은 심장이 꿰뚫리는 고통이나, 다리가 잘리는 고통에서 오래 버틸 수 없다.

게다가 만약 정신이 있는 동안의 재생이라면 머리통이 날아가는 공격에는 어쩔 수 없다는 소리이기도 했다.

"어쨌든 생존율은 엄청나게 올라가겠네."

"그럼요. 독도 안 먹히니까요."

천화가 자랑스럽게 말했다. 혼은 나머지 점수로 무기각성과 오러각성을 건드렸다.

남은 점수로 각성을 하자 혼과 천화는 무기 2차까지, 그리고 오러 1차까지 각성을 마칠 수 있었다.

"지금은 이게 전부네."

혼은 만반의 준비를 갖춘 뒤 이제는 정말 엎어지면 코 닿을 거리인 중앙도시 쪽을 쳐다봤다.

"자, 이제 가볼까."

❖

중앙도시.

입구에서부터 중앙도시라 써진 안내판이 보였다. 안내판에는 몇 가지 주의사항과 경고문이 쓰여 있었다.

중앙도시.

1. 도시에 입장 시 다시는 밖으로 나가는 것이 불가능하다.

2. 중앙도시에 들어오는 것은 자동으로 시험에 응시하는 것을 뜻한다.

3. 중앙도시 내에서 소란을 일으킬 경우 중앙도시의 법에 따라 처리한다.

"시험은 뭐냐?"

혼이 묻자 천화가 머리를 긁적이며 뇌 속을 뒤적였다. 하지만 중앙도시에 들어갔다가 나온 사람이 없는데 어떻게 시험이 뭔지 알겠는가. 천화는 한숨을 내쉬고 고개를 절레 흔들었다.

"모르겠네요."

"어쨌든 들어가자고."

혼은 당당하게 안으로 들어갔다. 첫 번째 미궁에서 보기 힘들다는 퍼스트 마스터로만 이루어진 조합이었다. 비록 2명일지라도 혼과 천화는 그 어떤 길드보다도 강력할 것이 분명했다.

혼과 천화가 안내판을 지나가는 순간 공간이 마치 나선형으로 일그러졌다. 주변 환경이 찌그러지고 소리가 흩어졌다.

천화는 화들짝 놀라 반사적으로 혼의 손을 잡았다. 혼은 흥미롭다는 듯이 주변을 바라볼 뿐이었다.

그렇게 천화가 무슨 일이냐고 물어보기도 전에 그 현상이 끝이 났다. 혼은 재미있다는 듯 미소를 지으며 앞을 쳐다봤다.

"대박이네."

두 사람의 앞으로 수십 명의 사람들이 지나다니고 있었고, 사방이 상인들이 호객행위를 하는 소리로 가득 찼다. 높게 솟은 탑은 지구의 마천루들과 비교해도 꿀리지 않을 정도의 위압감을 뿜어냈다.

"이, 이게 중앙도시인거 같아요."

천화는 혼의 손을 꽉 잡고 주변을 쳐다보고 있었다. 혼은 그런 천화를 슬쩍 보고는 말했다.

"좀 놓지?"

"아, 미, 마안해요."

천화는 민망한지 볼을 붉적이며 떨어졌다. 중앙도시는 사람이 만든 것처럼 보이지 않았다. 미궁안의 사람들이 아무리 도시를 만들려 해봐도 마치 유럽의 관광도시와도 같은 이곳을 만들 수는 없었다. 상점가는 3층으로 길게 쭉 뻗어 있었고, 바닥은 자갈로 깔끔하게 코팅되어 있었다.

이곳은 미궁에 원래부터 존재했던 도시다.

혼은 그렇게 생각했다. 아니면 미궁 안에 사는 또 다른 문명종족이 만든 도시던가. 뭐 어쨌든 미궁으로 넘어온 인간들이 만들었다고 하기에는 무리가 있었다.

게다가 입구에서 일어난 기현상.

중앙도시에서 왜 아무도 못 빠져나왔는지 이해가 되는

부분이었다. 출구가 사라져버리면 아무리 나가고 싶어도 나갈 수 없겠지.

"처음 오셨습니까?"

혼과 천화가 뭘 어찌할지를 모르고 가만히 서 있을 때 한 여자가 와서 말했다.

초록색 눈과, 초록 단발을 한 작고 귀여운 여자였다. 마치 안내원과도 같은 파란 제복이 아주 잘 어울렸다. 아니, 그런데 이런 쓸데없는 정보는 때려치우자. 혼과 천화는 여자를 보고 당황했다.

"나, 날개가 달려있네요?"

"그러게."

여자의 등 뒤에는 마치 파리의 것과 같은 투명한 날개가 달려있었다. 여자는 천화와 혼이 당황해하자 머쓱해하며 말했다.

"아, 충인은 처음 보시는구나. 당연하겠죠. 중앙도시가 처음이니."

여자는 미소를 짓고 도시를 자랑하며 말했다.

"충인들의 도시, 시험의 도시에 오신 것을 환영합니다. 저는 아셀이라고 해요."

"충인이 뭔데?"

혼이 별 감흥이 없다는 듯 질문하자 아셀이 풀이 죽으며 말했다.

"중앙도시에 사는 사람들을 말하죠. 인간들이 붙인 이름은 충인이에요. 자기들 세계의 어떤 생물체와 닮았다나 뭐래나."

"닮긴 닮았지."

혼은 파리에 대해서는 설명하지 않기로 했다. 별로 기분 좋은 생명체와 닮은 건 아니지 않은가.

충인이라면 곤충을 닮았다는 소리일 것이다. 그렇다면 다른 곤충을 닮은 충인도 있다는 것일까. 혼이 그런 생각을 하고 있을 때 아셀이 말했다.

"안내해 드릴까요?"

"어딜 안내하는데?"

"처음 오셨다고 하셔서 호텔이나 뭐 음식점이나, 상점 가나……."

"네, 네. 안내해주세요."

혼이 조금만 차갑게 말해도 아셀의 목소리가 기어들어 갔다. 천화가 혼의 옆구리를 살짝 찔렀다. 이 도시에 대해 천화나 혼이나 아는 것이 하나도 없었다. 아셀이 안내를 해주지 않으면 묵을 곳을 찾아 헤매야했다.

"그런데 숙박비 같은 건 어떻게 해야 되요?"

"공짜입니다. 소중한 플레이어 분들이니까요."

"플레이어?"

천화가 슬쩍 되물었지만 대답은 돌아오지 않았다. 아셀

은 신이 나서 두 사람을 데리고 특급호텔로 데리고 갔다. 혼은 플레이어라는 말에 대해서 생각하고 있었다. 당장 떠오르는 것은 중앙도시에 들어오면 자동으로 시험에 응시하게 되는 것이라 쓰여 있던 안내판이었다. 하지만 보통 시험에 참가하는 사람을 플레이어라고 부르던가.

"아, 맞아. 맞아. 먼저 등급체크를 해야 하는데. 괜찮을까요?"

"등급체크가 뭔데?"

"시험에 응시하는 사람들은 모두 등급체크를 받아야 하거든요. 요 근처인데 지금 하실래요? 아니면 나중에……."

"지금 하자."

혼은 해야 할 일을 미루는 성격이 아니었다. 왜 영화에서 보면 죽여야 할 사람을 안 죽이고 떠들다가 일을 망치는 악역이 많이 나오지 않던가.

"그럼 안내할게요."

등급체크장은 사람들로 붐볐다. 시험이 다가온다는 포스터가 건물 여기저기에 붙어있었다. 등급체크장에 있는 사람들은 전원 워커들로 안내역이 붙어 있는 사람늘이 쎄 있었지만 대다수는 안내역이 없었다. 게다가 꼬질꼬질함이 거리의 노숙자처럼 보였다. 혼은 그 사람들을 가리키며 물었다.

"저 사람들은 뭐야?"

"아, 실패한 플레이어들이네요."

"실패하면 거지로 둔갑하는 건가? 그거 무섭네."

"뭐 비슷해요. 뭐든지 공짜는 처음 참가하는 플레이어에게만 주어지는 특권이거든요. 저들은 알아서 돈을 벌어 먹고 살아야죠. 아 물론 실력이 있으면 누군가가 후원해 주기도 하는데 저 사람들은 아닌가 봐요."

안내역이라기보다는 돈이 많아 보이는 증인들이 붙어 있는 사람들도 몇몇 보였다. 높은 등급을 받았음에도 아쉽게 탈락을 해버린, 하지만 죽지는 않은 사람들이었다. 아셀은 의자에 앉아 있는 혼과 천화를 위해 번호표를 뽑아 왔다.

시간이 좀 지나고 천화의 차례가 찾아왔다. 등급이라는 것은 캡슐과도 같은 곳에 들어가 측정하는 것이었다.

"다녀올게요."

천화는 기지개를 쭉 피면서 걸어 나갔다. 등급은 화면을 통해 체크장안에 있는 모든 사람에게 공개되는 것이었다. 즉 적이 될지도 모르는 상대에게 본인이 토끼인지, 호랑이인지를 보여주는 것이다. 천화는 심호흡을 한 뒤 캡슐에 들어갔다.

"우와! A 등급이야."

"미친, 각성을 얼마나 단련한 거야?"

A 등급이 뜨자 주변에서 웅성거리는 소리가 들렸다. 스폰서가 붙어있는 남자의 등급이었다. 남자가 덤덤하게 나오자 근처에 앉아있던 몇 명의 남자들이 벌떡 일어났다.

"길드네요."

"제 3의 기사단 같은 건가?"

"그건 대형 길드고, 저건 소형 길드죠. 두 분은 길드 아니었나요?"

"두 사람이서 길드라니 좀 이상하지 않냐?"

애초에 그런 건 그냥 인간들끼리 만든 거 아니던가. 혼은 슬쩍 정보창을 꺼내와 이것저것 눌렀다. 그렇게 한참을 탐험하니 길드라는 것이 보였다. 이 세계는 길드라는 것도 이름표 붙이듯이 만들 수 있는 듯싶었다.

그때, 장내가 갑자기 숙연해졌다.

"유천화, S등급."

약 3초의 침묵.

밖으로 나가려던 A급의 남자도, 그 남자의 길드원들도 전부 멈춰 서서 고개를 돌렸다.

캡슐이 열리고 천화가 머리를 긁적이며 나왔다.

"저기, S등급이 좋은 거죠? 보통 좋은 거던데?"

웅성거림과 욕지거리조차 없었다. 다들 그저 천화의 얼

굴을 스캔하고 있었다. 이미 시험을 한번 치른 사람들에게서는 시험 중에는 절대로 만나지 않겠다는 각오가. 그리고 처음으로 시험을 치루는 사람들에게서는 시기와 질투의 눈빛이. 안 그래도 눈에 띄는 얼굴이었으니 외우기는 쉬울 것이다.

"내 차례네."

"되게 민망하네요. 다 쳐다봐요."

"예쁘니까 그런 거야."

혼의 말에 천화가 얼굴을 붉히며 앉았다. 혼은 캡슐 안으로 들어갔다. 캡슐 안에는 의자와 화면이 있다. 혼이 의자에 앉자 화면이 켜지면서 창백한 얼굴의 남자가 나타났다. 남자의 등에는 마치 나뭇가지처럼 솟아난 6개의 얇은 다리가 보였다. 마치 거미의 것처럼. 남자는 혼을 슬쩍 보더니 인상을 찌푸렸다.

"이거, 이거, 이번에는 곤란한 게 많이 들어왔군. 퍼스트 마스터가 2명이라니."

혼은 묵묵히 남자를 쳐다봤다. 캡슐이라 기계일 줄 알았는데 면담이었다. 게다가 이 남자는 한 눈에 혼이 퍼스트 마스터라는 것을 알아냈다. 명색이 등급을 매기는 사람이다. 남자는 보는 것만으로도 개개인의 전투력을 측정할 수 있었다.

"역사상 이런 일은 처음이군. S급이 많은 적은 있었지만. 너 뭐하는 놈이냐?"

"단순한 여행객."

"그럴 리가 없지. 너, 속에 뭔가를 가지고 있군."

혼은 인상을 찌푸렸다. 남자는 무언가를 적은 카드를 혼에게 내밀었다.

"가지고 가봐."

"등급은?"

"거기 쓰여 있어."

혼은 카드를 내려 보았다. 이름과 키 밑에는 SSS등급이라 적혀 있었다.

"야단났군."

혼은 머리를 긁적였다. 차라리 이 남자가 제대로 못 보는 놈이라 A급 정도나 줬으면 하는 바람이었다. 이대로라면 천화와 혼에게 전 플레이어들의 이목이 쏠릴 것이 분명했다. 그것이 손해로 올 것임은 당연했다.

혼이 밖으로 나오자 천화 때보다 더 경악한 얼굴들이 보였다. 천화는 미리 캡슐 앞에 나와 있었다.

"SSS급이라니 대단한데요, 좋은 거죠?"

"좋은 건지, 나쁜 건지. 그건 시험이 뭐냐에 따라 다르겠지."

아셀은 아이돌을 본 소녀 팬처럼 손으로 입을 가리고 혼을 쳐다봤다. S급을 처음 봤을 때도 감동이었지만

SSS급의 감동에 비하면 아무것도 아니었다. 과거에도 S급을 달고 대회에 나간 사람들은 꽤 되었기 때문에 직접 본 적이 없어도 S급이 언제 나올까 기대하고 있던 참이었다.

그러나 SSS급은 역사상 존재하지 않았던 등급이었다. 아니, 애초에 SS급도 존재하지 않는데 SSS급이라니. S급만 하더라도 A급의 2배 이상인데 도대체 이 혼이라는 남자는 얼마나 강한 것인가.

게다가 그 남자의 안내역이 자신이라니. 아셀은 믿을 수 없었다.

"빠, 빨리 호텔로, 아니 특급으로 안내해드릴게요."

"특급 아닌 곳도 있어?"

"S급이시잖아요! 아니, 아니. 트리플 S급이시죠. 특급의 특급이라도 모자를 판이라고요."

"그러냐?"

"그럼요. 아마 그 카드로 이 도시에 있는 뭐든 것을 누릴 수 있을 거예요. 정말, 정말, 만나서 영광입니다."

아셀은 고개를 꾸벅 숙였다.

"이 등급이 좋은 것도 있었네."

혼은 그렇게 말하고 아셀의 등을 툭 쳤다.

"그럼 특급으로 안내해봐."

SSS급의 등장은 중앙도시를 들뜨게 만들기 충분했다. 도시의 충인들은 벌써부터 다음에 있을 시험이 어떤 내용일지, 어떤 장면이 만들어질지를 이야기했다. 하지만 등급을 담당, 또한 시험을 담당하는 총지휘관인 쿠로는 머리를 싸매고 있었다.

"SSS급과 S급이 한 팀이라고 말한 거냐. 아셀."

"그, 그렇습니다."

"그래, 어쩐지 S급 다음 순서가 우연히 SSS급 일리는 없지."

쿠로는 혼과 천화의 등급을 책정했던 바로 그 남자였다. 남자는 와인을 마시며 의자에 앉았다. 앞에는 수많은 시험목록이 있는 종이를 흩어트려 놓았다. 아무리 고민을 해도 저 두 막강한 조합이 일방적으로 통과할 시험 밖에 생각나지 않았다.

"이건 쇼야. 아셀. 쇼라고."

"잘 알고 있습니다."

아셀은 두 사람의 안내역을 맡았기 때문에 이곳에 불려온 것이었다. 아셀 같은 말단이 이런 시험을 관리하는 중심부에 들어오는 일은 거의 없었다. 아셀은 긴장을 한 채 쿠로의 다음 말을 기다렸다.

"그런데 한쪽이 일방적이여 봐. 재밌겠어? 고작 A급이 왕 노릇을 하던 시험에서 SSS급이라고. SSS급!"

"죄송합니다."

아셀의 잘못은 아니었지만 그녀는 반사적으로 사과를 했다.

시험이라는 것은 원래 중앙도시에 사는 충인들에게 내려진 숙명과도 같은 것이었다. 원래라면 반대편의 미궁으로 넘어가는 사람을 선별해내는 목적으로 만들어졌지만 충인들은 그것을 본인들의 오락으로 만들었다.

충인들은 시험을 치루는 워커들, 미궁을 여행하는 자들의 모습을 생중계로 보며 누가 우승할지 돈을 걸고, 따는 도박까지 진행하고 있었다. 시험은 현재 원래의 목적보다 오락적인 것으로 충인들에게 인식되고 있을 정도였다.

그런데 SSS급이 등장했다.

"보라고, 그럼 전부 SSS급한테 걸 거야. 1.1배로 하던, 1.025배로 하건 전부 SSS급에 걸겠지. 왜? 그러면 100% 따니까. 그럼 망한다고. 내기가 성립이 안 돼."

"그럼 배당을 없애면?"

"아무도 안 걸겠지. 이길 수가 없는데."

시험은 도박이었다. 그것도 도시의 경제를 좌지우지 하는 아주 큰 도박. 귀족들은 물론이고 일반 충인들까지 모으고 모았던 돈을 쓰는 스포츠였다.

"게다가 도박이 문제가 아니야. 재미가 없어. 망할 귀족 놈들이 뭐라고 할지 모른다고."

시험을 재밌게 만드는 것은 쿠로의 일이었다. 귀족들은 항상 드라마를 원했다. 그렇기 때문에 사전에 등급을 정해두고, 주인공을 만들어 드라마를 만들어내는 것이 총책임자겸 프로듀서인 쿠로의 일이었다.

이번 시험의 경우 주연은 간단하게 정해졌다. 하지만 악역이 없다. 고난도 없다. 너무나도 뻔한 우승은 최악의 대회를 만든다.

"생각을 해보자. 생각을."

쿠로는 와인을 한 번에 들이켰다. 알콜의 힘으로라도 흥분되는 무언가를 찾아내야 했다. 그렇게 고민 고민을 하던 쿠로가 자리를 박차고 일어났다.

"그래, 맞아. 이 생각을 못했군."

"무, 무슨 일입니까?"

"아셀. 네가 해줄게 있다."

"무, 무슨."

"시험을 내가 만드는 거다."

쿠로는 만족한 표정으로 고개를 끄덕였다.

"둘이 반드시 싸워야만 하는 그런 시험을 말이야."

"하지만 시험의 특성상 우승자가 한명만 있을 수는 없습니다. 순위는 있겠지만."

"누가 우승자를 한명으로 만든다고 했나?"

쿠로는 낄낄거리며 혼자만의 생각에 만족했다. 아셀의 표정이 굳어졌다.

❧

"망할 똥파리."

혼이 방을 보며 중얼거렸다. 101호, 아셀이 잡아준 혼의 방이었다. 문제는 이 방이 천화의 방이기도 하다는 것이다. '제가 알아서 할게요!' 하면서 프론트로 달려갈 때 알아봤어야 했는데.

"침대가 하나에요."

"방이야 하나 더 구하면 돼. 저 하트모양 침대에서는 자기 싫군."

"왜요, 전 좋은데."

천화의 말에 혼이 이상하게 쳐다봤다.

"이상한 생각하지 마요. 나, 난 그냥 하트 모양 침대가 예뻐서."

"그럼 이 방은 네가 써라."

혼은 프론트로 내려갔다. 방을 달라고 하기 위해 카드를 꺼내던 혼은 페트롤을 찍어놓은 것처럼 왔다 갔다 하는 아셀을 보고는 손을 들었다.

"어, 또 왔냐?"

"아, 혼씨."

아셀은 화들짝 놀라며 말했다. 아까 혼에게 보였던 태도와는 완전히 달랐다. 이 여자는 비밀을 잘 지키지는 못하는구나하고 혼은 생각했다.

"뭔 일이냐?"

"아, 아뇨. 저기 시험 일정이 조금 미뤄진다고 하더라고요. 원래는 1주일 뒤인데, 2주일 뒤로."

"그거 알려주러 온 거야?"

"아, 뭐, 그, 그렇죠."

이건 콜드 리딩 같은 걸 배우지 않아도 아셀이 뭔가를 숨기고 있다는 것, 그것도 시험에 대해 숨기고 있다는 것을 알 수 있을 것 같았다. 혼은 아셀을 잠시 쳐다보다가 고개를 끄덕였다.

"그래, 가 봐."

"네. 저기 저녁은?"

"호텔에서 먹지. 내일 와."

"알겠습니다. 편히 쉬세요."

아셀은 고개를 꾸벅 숙이고 밖으로 나갔다. 혼은 잠시 기다렸다가 아셀의 뒤를 밟았다. 콜드 리딩을 해서 문제가 있다는 것을 알았다면 다음은 핫-리딩을 통하는 것이다. 핫-리딩이랑 쉽게 말해 뒷조사다. 혼이 가장 자신 있어 하는 분야 탑 5안에 든다.

혼은 아셀을 뒤따라가던 중 그녀의 뒤를 밟고 있는 것이 자신뿐만이 아님을 알아차렸다. 나름 능숙한 솜씨의 괴한은 아셀을 주시하며 이동하고 있었다.

'뭔가 있군.'

아셀은 혼이 뒤를 따라오는지도 모르고 자신의 집으로 들어갔다. 혼은 창문을 통해 슬쩍 집안을 살폈다. 완전히 컴컴하던 방에 불이 켜졌다. 혼은 가장 먼저 아셀을 감시하던 남자를 살폈다. 남자는 곧 바로 아셀의 뒤를 따라 방문을 두드렸다.

'완전 감시만 하는 건 아니군.'

혼은 창문 아래에 딱 붙었다. 그리고는 창고에서 테이프를 꺼내 겹겹이 쌓아 창문 구석에 붙였다. 아셀이 초인종 소리를 듣고 문을 열 때 혼은 테이프를 창문에 붙이고 단검으로 툭 때려 소리 나지 않게 창문을 부셨다.

그 순간 안에서 남자의 목소리가 흘러 나왔다.

"쿠로님의 전령입니다. 두 사람이 첫 번째 시험에서 반드시 팀을 짜도록 만들어야 한다고 하십니다."

"같은 팀이요? 가만히 놔둬도."

"남자 쪽에서 의심이 많다고 했습니다. 쿠로님의 말에 따르면 가만히 두면 절대로 같은 팀을 짜지 않을 거라고."

"그, 그런가요?"

아셀의 목소리에서 불안감이 새어나왔다. 혼은 이게 웬 횡재냐며 속으로 쾌재를 불렀다. 저 의문의 남자의 말이 맞다. 만약에 시험장에서 팀을 짜라고 했다면 혼은 의심을 했을 것이다.

그 이유는 이러하다. 먼저 보통의 시험은 길드원들과 함께 치룰 정도로 서로 협력을 해야 하는 것이다. 팀을 짜라고 시험장에서 말하는 것은 이미 알고 있는 사실을 굳이 되풀이하는 것뿐만이 아니라 지금까지 있었던 시험과는 완전히 다른 성격이라는 것을 의미했다.

팀이 이미 만들어진 사람들에게 왜 굳이 팀을 만들라고 하는 것일까. 만약에 인원 제한이라도 있다면 왜 일까? 길드를 견제하기 위해? 아니다. 팀을 만들더라도 팀끼리 협력을 하면 되니까.

무슨 속셈인지는 모르지만 거기에는 아무도 모르는 비밀이 있다는 것만큼은 확신할 수 있었다.

그렇기 때문에 혼이라면 절대로 천화와 팀을 짜지 않을 것이다. 첫 번째 시험이라는 뜻은 두 번째 시험도 있다는 뜻이었다. 만약 천화가 통과 못하면 두 번째 시험에서 탈락하면 될 일이다. 시험의 특성이 반대편 미로로 가는 실력테스트라면 굳이 다른 팀이라고 통과를 못할 확률도 없으니까.

"정보를 흘리는 척 다가가세요."

"네, 알겠습니다."

남자는 꾸벅 고개를 숙이고 밖으로 나갔다. 아셀의 한숨소리를 뒤로 하고 혼은 재빠르게 몸을 숨겼다.

'오늘은 좀 춥게 자겠군.'

혼은 그렇게 아셀의 걱정이나 하며 호텔로 돌아갔다.

다음 날.

아셀은 아침부터 로비에 가서 혼과 천화를 기다렸다. 좀 기다리자 천화가 혼에게 잔소리 하는 소리가 들렸다.

"어제 저녁 혼자 먹었잖아요. 어디 갔었어요."

"도시에 왔으니까 놀러나갔지."

"같이 안가고요?"

"남자가 혼자 나가는데 이유가 있나?"

"어머, 그랬어요?"

천화는 얼굴을 붉히더니 삐져서 쿵쾅거리며 계단을 내려갔다. 아셀은 두 사람과 눈을 마주치더니 멋쩍게 웃었다.

"안녕히 주무셨어요?"

"일찍 왔네요?"

천화가 웃으며 아셀에게 뛰어갔다.

"오늘은 저기 저 변태 놔두고 다니죠."

"어이, 변태라고 단정 짓지 마. 난 그냥 혼자 즐거움을 좀 봤을 뿐이라고."

"으이구, 못하는 말이 없어요."

천화는 혼을 째려보고는 카드를 들어보였다.

"다 공짜 맞죠? 아셀 씨."

"하하, 네. 자 그럼 아침을 먹으러 가볼까요?"

아셀은 급하게 몸을 돌려 두 사람을 밖으로 안내했다. 혼은 아셀을 주시했다. 아셀이 어떤 행동을 취할지 궁금했다. 아셀이 만약 남자가 말한 대로 두 사람에게 슬쩍 거짓정보를 흘리려 한다면 반대로 협박해 이중스파이 짓을 시키려는 생각이었다.

아셀은 사람이 한적한 고급 레스토랑으로 두 사람을 안내했다. 메뉴를 보니 음식들도 지구의 것을 닮아 있었다.

"여기가 워커들의 입맛에 가장 잘 맞는 식당이라고 유명해요. 비싸서 그렇지만."

"우리는 공짜니까 상관없다는 거군."

"네, 그렇죠. 덕분에 저도 오고요."

"사준다고 안했는데?"

혼은 진심으로 말했다. 아셀이 잠시 멍하니 치나보다가 고개를 끄덕이며 대답했다.

"하하하, 그렇죠. 저는 그럼 물로……."

"제가 사드릴게요."

천화가 말하자 아셀이 안도의 한숨을 내쉬었다. 식사가 시작되었음에도 아셀은 어제 받은 미션을 수행할 기미를 보이지 않았다. 혼은 기다리다가 지쳐 먼저 말을 꺼내기로 했다. 딱 봐도 아셀은 초보자였고, 단순히 자신과 천화를 맡았다는 이유로 임무를 가지게 된 거 같았다. 그럼 말을 꺼내기 힘들 수도 있지.

"그보다 아셀. 시험이라는 거 말이야."

혼이 말하자 아셀이 먹고 있던 국수를 쿨럭 하고 뱉었다.

"콜록, 콜록. 네 시험이요."

아셀은 가슴을 치더니 물을 벌컥벌컥 들이켰다.

"왜 그러시나요?"

동공이 안쓰러울 정도로 흔들렸다. 혼은 주변을 의식했다. 분명히 어제 아셀을 미행하던 남자가 이 근처에 있을 것이다. 아직까지는 괜찮지만 더욱 중요한 말이 나오기 시작하면 평범하게 대화할 수는 없었다. 일단 혼은 아셀을 떠보았다.

"뭐 팁이라도 없을까? 너는 시험에 대해 좀 알고 있을 거 아니야."

"아, 팁이요."

아셀은 생각에 빠졌다. 혼은 의외라고 생각했다. 당장에 팀을 짜는 게 좋다는 팁이 나올 줄 알았다.

"그러니까 팀을……."

혼은 속으로 한숨을 쉬었다. 이렇게 된 이상 천화에게 자초지종을 설명하고 아셀을 이용해야 했다. 협박으로 이용하는 것은 불안정요소지만 그냥 속아 넘어갈 수도 없지 않은가.

"그러니까, 팀을 말이죠."

아셀은 말을 하다가 고개를 절래 흔들었다. 그녀는 크게 한숨을 쉬고는 말했다.

"짜셔야……. 아니, 그러니까 말이죠."

아셀은 망설이고 있었다. 왜인지 모르지만 임무를 제대로 수행하지 않고 있었다. 아셀은 결심했다는 듯이 눈을 빛냈다. 혼은 속으로 놀라고 있었다. 이 여자도 천화와 같은 분류인 것일까. 본인의 이득과 손해를 따지지 않고 정의를 관철하는 성격인 것일까. 어쨌든 지금 아셀의 얼굴은 확실하게 결정을 내린 표정을 하고 있었다.

팀을 짜면 안 된다는 사실을 알려주기로 결심한 바로 그 표정이다.

"잠깐."

아셀이 입을 열기 전에 혼이 말했다. 입모양을 선혀 만들지 않은, 완벽한 복화술이었다. 아셀은 혼의 복화술에 놀라 천화를 쳐다봤다. 천화도 복화술은 처음 보는 것이라 놀란 표정을 감출 수 없었다.

"얼굴 좀 바꾸지 그래? 미행이 붙어 있으니까."

혼의 말에 천화는 바로 정색했다. 아셀은 눈치 없게 두리번거렸다. 천화는 그런 아셀의 손을 꽉 잡으며 말했다.

"어머, 포크가 떨어졌네. 웨이터 좀 불러 주시겠어요?"

이미 두리번거렸으니 미행이 보기에 웨이터를 부르기 위한 것이라는 걸로 만들 필요가 있었다.

"당황하지 말고 들어라. 어제 미행을 해서 네가 이상한 남자와 이야기하는 것을 보았다."

당황하지 말라고 했지만 아셀의 얼굴은 솔직했다. 게다가 천화까지 당황한 것 같았다.

"그럼 어제 밤……. 크윽."

천화는 말을 하려다 말았다. 혼이 복화술을 하는 이유는 미행을 주업으로 삼는 자들은 전부 입모양만으로도 대화의 내용을 알아차리기 때문이다. 때문에 천화도 입을 다물 수 밖에 없었다.

"뭔가를 꾸미고 있지? 대답은 이렇게 해라. 꾸미고 있는 게 정답이면 진짜 팀을 짜셔야 해요."

"지, 진짜 팀을 짜셔야 해요."

"고마워요."

천화가 장단을 맞추고 있었다. 혼은 다음 말을 이어갔다.

"아는 게 있나? 있다면 팀을 짜는 게 유리하죠. 아니라면 다른 사람들은 팀을 짰어요."

"다, 다른 사람들은 이미 팀을 짰죠."

아셀의 말에 혼은 복화술을 그만 두었다.

"고마워. 천화와 함께 팀을 짜도록 하지."

아셀은 긴장했는지 땀을 닦았다.

"더 알아내면 알려줘."

"그, 그럴게요."

아셀은 눈앞의 스파게티를 쳐다봤다. 더 먹었다가는 체할 거 같다.

NEO MODERN FANTASY STORY & ADVANTURE

메이즈
헌터

7

Maze Hunter 7

혼은 호텔로 돌아가고 싶다고 아셀에게 말을 했다. 천화도 자초지종을 듣고 싶어 혼의 말에 찬성했다. 아셀은 점심때 다시 오겠다는 말을 남기고 집으로 돌아갔다. 천화는 호텔에 도착하자마자 혼을 방으로 끌고 들어갔다.

"대담한데."

혼이 피식 웃자 천화가 짜증난다는 듯이 자기 머리를 헝클었다.

"자, 어떻게 된 건지 설명하시죠."

"아까 들었던 대로야. 왜 인지는 모르겠지만. 뭐 알 것도 같지만 그건 넘어가고. 너와 나를 견제하고 싶어 하는 거 같거든."

"아셀 씨는요? 무슨 일인데요?"

"우리 안내역이니까, 상황을 세팅하라고 명령을 받은 거 같아. 근데 양심은 있는지 사실을 말해주네. 나야 고맙지. 손 안 써도 되고."

"그 조그만 여자애한테 손쓸게 뭐가 있다고 그래요."

"그래도 당할 수만은 없잖아. 게다가 손 쓸 일도 없고."

천화는 한숨을 쉬었다. 만약 아셀이 작정하고 속일 생각이었다면 천화나 혼도 가만히 있을 수는 없었다. 천화도 그 부분은 다행이라고 생각하고 있었다. 지금까지 혼의 행동을 보면 꽤나 과격하게 아셀을 다뤘을 것이 분명했기 때문이다.

"이제 어떡하시게요?"

"둘 중 하나야."

"뭔데요?"

"정보가 충분하면 시험을 봐서 반대편으로 넘어간다. 정보가 충분하지 않으면 시험을 관리하는 놈을 죽이고 원래대로 돌려놓는다. 어때?"

"혼 씨답네요."

"시험은 무조건 치루는 거니까. 어쩔 수 없다고. 알아봤는데 시험을 연기한다는 선택지는 없더라고."

"그보다 아셀 씨가 걱정이네요."

"아, 그건 그렇지."

천화의 말에 혼은 동의했다. 천화가 봤을 때도 아셀은 거짓말을 못하는 성격이었다. 물론 물증이 없으면 아셀을 처벌하지 않겠지만 일을 꾸미고 있는 관리 측에서도 뭔가 꼬였다는 것을 알아차릴 것이다.

"제대로 하고 있겠죠?"

천화의 물음에 혼은 어깨를 으쓱하며 말했다.

"스파이로서의 역할은 해줬으면 좋겠는데. 그러면 피바다가 될 테니까."

그렇게 두 사람이 걱정하고 있는 아셀은 현재 자기 침대에 들어가 이불을 싸매고 있었다.

"망했어!"

아셀은 눈물을 훌쩍거렸다. SSS급을 처음으로 보았을 때 자신이 역사의 현장에 서 있는 것이라 확신했다. 그도 그럴 것이 SSS급이었다. 수백 년이 된 최초의 미궁시험에 처음으로 나타난 SSS급이란 말이다.

아셀은 충인으로 지금까지 시험을 백번 넘게 경험했다. 매달 한 번씩 열리는 것이기도 했고, 아셀은 특히나 더 시험을 좋아했다. 안내역이 된 것도 플레이어를 조금이라도 가까이서 보고 싶은 마음이 있었기 때문이다.

그 중에 S급들은 강력한 임팩트를 남기며 대부분 시험을 통과했다. S급이라는 것 자체가 퍼스트 마스터를 뜻했다. 남들과 다른 능력을 가진 그들은 수많은 드라마를 연출하며 최강의 주인공으로 군림했다.

그리고 이번 주인공은 SSS급의 혼이라는 남자일 것이 분명했다.

생각해보아라. 베드 엔딩을 바라는 관객은 거의 없을 것이다. 아셀은 철저한 관객이었고, 팬이었다. 이번 시험의 주인공을 안내할 수 있다는 것만으로도 감격 그 자체였다.

그 주인공을 함정에 빠트릴 수는 없었다. 아셀은 절대로 베드 엔딩을 원하지 않았다. 거기에 악역 중 가장 짜증나는 스파이 역할을 맡기는 죽어도 싫었다.

"그래서 죽게 생겼잖아. 이중 스파이라는 걸 들키면 쿠로 님이 날 찢어 죽일 거야."

그렇게 아셀이 중얼거리고 있을 때 알람이 울렸다. 점심시간이었다. 쇼핑몰과 음식점을 혼과 천화에게 안내할 시간이었다. 호텔로 가보니 카페에 안마의자에 앉아 있는 천화가 보였다.

"안녕하세요."

"아셀 씨. 벌써 1시인가요?"

천화는 벌떡 일어나며 말했다. 카페에서 커피를 마시며 책을 읽고 있던 혼도 눈치를 채고 밖으로 나왔다. 아셀은 두 사람을 가장 먼저 쇼핑센터로 안내했다. 2층으로 된 쇼핑센터는 한 바퀴를 도는 것만으로도 30분은 넘게 걸릴

정도로 거대했다. 뭐든지 공짜였기 때문에 천화와 혼은 시험에서 먹을 식량과, 소모품들을 창고에 쑤셔 넣었다. 시험에서 창고를 사용할 수만 있다면 도움이 될 것이다.

"쇼핑센터 안에 식당도 많으니까 점심은 거기서……."

그때 한 남자가 아셀의 손에 쪽지를 하나 쥐어주었다. 워낙 순식간에 일어난 일이라 당사자인 아셀만 알아볼 수 있는 것이었다.

아셀은 고개를 돌려 남자를 쳐다보았다. 그리고 슬쩍 혼에게 쪽지가 왔다고 전하려 할 때 혼이 말했다.

"펼쳐서 읽어봐라."

역시나 복화술이었다. 아셀은 움찔하고는 쪽지를 펼쳤다. 쪽지에는 코너를 오른쪽으로 돌아 첫 번째 명품점으로 들어가라고 적혀 있었다. 그곳에 강도로 변장한 충인들이 있을 것이니 혼과 천화로 하여금 그들을 처치하게 만들라는 것이었다.

"뭐라고 적혀 있나? 내 뒤로 빠지면서 말해라."

"그, 그게 명품점으로 들어가서 강도를 퇴치하게 만들라고."

"그럼 일단 시기는 대로 해."

아셀은 고개를 끄덕이고 두 사람에게 국어책 읽듯이 말했다.

"저, 명.품.점.도. 돌.아.볼.까.요?"

"그, 그럴까요?"

천화가 당황해서 똑같은 발연기로 대답했다. 아셀은 기계처럼 걸어서 명품점에 들어갔다. 혼은 명품점에 들어서자마자 시선을 느꼈다. 악기를 들고 있는 사람들이 꽤 있었다. 이렇게 노골적으로 노려보는 걸 보니 뭔 일이 일어나긴 일어나는 듯싶었다.

'위협은 안 될 텐데 말이야.'

그렇게 생각하고 있을 때 충인들이 한 번에 움직였다.

"전부 엎드려!"

남자들은 각자 들고 있던 악기 케이스에서 검이나 창을 꺼내들었다. 한 남자가 명품점의 문을 닫더니 손님들을 위협했다. 꽤나 큰 가게였기 때문에 연루된 손님들도 꽤 있는 듯싶었다.

천화는 바로 수호설을 꺼내들었다. 하지만 혼은 가만히 서 있을 뿐이었다.

이런 허접한 강도로 어떻게 해볼 생각은 아닐 것이다. 누구보다 관리측이 혼과 천화의 실력을 잘 알고 있었으니까. 그렇다면 이 행동의 이유는 무엇일까, 왜 굳이 아셀을 시켜 강도가 있는 가게로 유인했을까. 왜 이들을 처치하라고 했을까.

시험과 스폰서까지 딸린 플레이어. 그리고 플레이어를 바라보는 동경의 눈빛들.

'인기 올리라고 수 써놓은 거구나.'

혼은 그렇게 결론을 내렸다. 혼은 상대가 원하는 대로 움직여줄 생각이 없었다. 애초에 굳이 이 사람들을 구해야 하는 것일까. 만약에 잘못되면 도리어 덤터기를 쓰는 것은 아닐까. 혼은 천화를 데리고 탈출하기로 마음을 굳혔다.

"좋아, 천화야. 그냥 우리끼리……."

"네? 지금 뭐라고 하셨어요?"

혼이 돌아봤을 때 천화는 이미 기절한 강도의 멱살을 잡고 있었다.

"이럴 때는 빠르네."

"하하하, 뭐 문제라도?"

천화가 혹시나 하는 맘에 물었다. 혼은 고개를 절래 흔들었다.

"SSS급과 S급 플레이어님들이다!"

기다렸다는 듯이 누군가가 소리쳤다. 완벽하게 각본대로 놀아났다.

"죄송합니다!"

"눈에 띄니까 그만해라."

혼이 밀하사 천화가 마른 입술을 적셨다. 사실 그렇게 큰일은 아니었다. 인기를 얻게 만들어 이번 시험의 최고 흥행을 노리겠다. 딱히 혼이 손해 보는 것은 없지 않던가. 혼 입장에서도 인기가 생긴다는 것이 나쁜 일은 아니었으니 말이다.

게다가 이중스파이로 아셀을 쓰려면 이렇게 상대방이 연출한 상황에 어울려주는 것도 필요했다. 하는 일마다 실패하면 상대도 뭔가 잘못되고 있다는 것을 눈치 챌 테니까. 그런 의미에서 이번에는 오히려 다행이라고 할까.

혼은 아셀을 데리고 술집으로 향했다. 룸을 달라고 한 뒤 아셀과 천화와 대화를 나누었다. 사방이 막혔고, 예상도 할 수 없는 곳이라면 도청이 있을 확률이 전무했다.

"한 마디로 우리를 스타로 만들어 비극의 드라마를 쓰려는 생각이구만."

"맞아요."

아셀을 고개를 끄덕였다.

"그래도 두 분 중 한 분은 넘어갈 거 같은데. 관객들이 해피엔딩을 원하기도 하거든요."

"그게 누구지?"

"제 생각에는 천화님이 아닐까. 하지만 컨트롤이 안 되더라도 상관없다는 식이에요."

배당도 챙기겠다는 속셈이다. SSS급이 시험에서 떨어질 것이라고 생각하는 사람은 거의 없으니까.

"시험 내용은?"

"글쎄요. 그것까지는 알려주지 않아서."

"그럼 그걸 알아와."

"네?"

아셀이 되물었다.

"알아오라고."

혼은 다시 한 번 말했다. 아니, 알아오라고 해도 어떻게 알아오라는 것인가. 아셀은 말단이었다. 어쩌다가 혼과 천화의 안내를 맡게 되어 이 일에 동참하게 되었을 뿐 기밀유출을 할 만큼의 기술도 센스도 없는 여자였다.

"그게 저기……."

"못 해?"

"저 죽지 않을까요?"

아셀이 파르르 떨리는 입술로 말했다. 천화는 불쌍하다는 듯이 그녀를 바라보았지만 혼은 대수롭지 않게 말했다.

"너 아마 그냥 죽을 거야."

"네?"

"이런 일에 너처럼 말단을 쓰는 이유는 단순해. 처리하기가 쉽거든."

"그러니까…… 그게 무슨?"

"말 그대로 그거야. 이 시험판에 도박하는 놈들도 있다며. 너희가 하는 행동은 쉽게 보면 승부조작이지. 극비라는 거야. 만약에 녀석들이 머리가 있다면 거기에 가담은 했지만 입을 다물고 있을 거라는 보장이 없는 널 쥐도 새도 모르게 죽일 거라는 말이야. 일이 잘 풀리든, 안 풀리든."

꿀꺽.

아셀의 목으로 침 덩어리가 넘어갔다.

혼이 말한 대로 쿠로가 아셀을 뽑은 가장 큰 이유는 가족이 없기 때문이었다. 즉 그녀가 사라져도 딱히 찾을 사람이 없다는 뜻이다. 또한 혼의 의심병을 눈치 챈 쿠로는 아셀에게 스파이 역할을 맡기기로 했다.

"너한테는 선택지가 없어."

"그러면……."

"일단 첫 번째 시험은 치루지. 어느 정도 정보가 있으니까. 넌 그 사이에 두 번째 시험에 대해 알아와. 시험은 몇 개지?"

"총 3개요."

"성공하면 3개째 하기 직전에 너의 적을 전부 죽여주지. 어때?"

어쩌고 자시고 아셀에게는 선택권이 없다. 이렇게 죽나 저렇게 죽나, 아셀은 끙끙거리다가 고개를 푹 숙였다.

❈

첫 번째 시험 날.

시험의 장에는 수많은 플레이어들이 모여 있었다. 대부분이 비장한 얼굴로 각자의 길드원들과 소곤거리며 뭔가 작전을 짜는 것 같았다.

혼과 천화는 당연하게도 주목을 받았다. SSS급과 S급, 게다가 강도를 잡은 영웅으로 충인들의 응원을 한 몸에 받고 있었다. 여기저기서 어떻게 알아냈는지 혼과 천화의 이름을 연호했다.

"운동회 같네."

혼은 실망했다는 듯이 말했다. 입장부터 뭔가가 있어서 또 다른 곳으로 텔레포트라도 되는 줄 알았다. 시험의 장은 여느 축구경기장이랑 비슷했다. 잔디로 깔린 바닥과 동그랗게 둘러쳐진 관중석에는 충인들이 가득 찼다. 전광판은 시험의 장 양 끝에 달려 있었고 밤을 위한 조명까지 준비되어 있었다.

"원래는 스포츠 구장이라고 하는데 일단 여기서 설명회를 한다고 하더라고요."

천화가 어디서 듣고 왔는지 혼에게 알려주었다. 혼은 고개를 끄덕이며 전광판을 바라봤다. 전광판에는 한 번본 적이 있는 남자의 얼굴이 나타났다. 바로 등급을 측정해주었던 쿠로였다.

"플레이어 여러분 안녕하십사. 156년 7월의 시험을 시작하겠습니다. 예로부터 첫 번째 시험은 매우 간단한 것으로 비슷한 시험만을 치러왔습니다. 하지만 이번에는 완전히 다른 시험을 볼까 합니다."

플레이어들의 얼굴이 찌그러졌다. 지금까지는 인기가 가장 많은 시험만 치러왔다. 쿠로 입장에서도 그렇게 하는 편이 불만도 없고 좋았다. 때문에 몇 번 시험을 치러본 사람들은 미리 작전을 짜고 있었던 것이다. 지금은 전혀 쓸모없게 되어버렸지만.

"자, 그럼 3명씩 팀을 짜주시길 바랍니다. 시간은 10분 드리겠습니다."

쿠로는 그렇게 말하며 사악하게 웃었다. 그리고 전광판이 꺼졌다.

"혼씨, 잘 짜보세요."

"그래, 너도."

혼과 천화는 아셀이 알려준 대로 서로 같은 팀을 짜지 않고 움직였다.

그 시각 쿠로는 낄낄거리며 웃고 있었다.

"아셀이 제대로 한 거 맞지?"

"식당에서 대화하는 것을 정확하게 보았습니다. 분명히 팀을 짜야 한다고 말했고, 혼이라는 남자도 동의했습니다."

"그래, 그래."

쿠로는 카메라를 통해 천화와 혼을 찾아보았다.

"자, 두 사람이 이제 어떤 사람을 영입하는지 볼까?"

그때, 화면에 혼에게 금발의 키가 큰 남자가 접근하는

것이 보였다. 스폰서까지 붙어있는 거대한 길드의 대장인, A급을 받았던 남자였다.

"SSS급. 긴 말하지 않겠다. 나와 팀을 짜지 않겠는가?"

A급 남자의 모습을 살피던 혼은 씩 웃었다. 남자는 천화가 당연하게 같은 팀일 줄 알고 혼자 온 것이다. 혼 입장에서는 같은 팀이 누가 되건 상관이 없었다. 천화와 혼이 같은 팀을 꼭 해야 하는 이유가 있다면 그건 시험의 내용이 팀원끼리 협력하는 것이 아닌 적대하는 것이 확실했다.

"좋아, 하지만 한명이 더 필요한데?"

"네 동료가 있지 않았나? 분명 S급인 여자애……."

"깨졌어."

"어?"

남자는 당황해하며 말했다.

"어제 라면 좀 뺏어 먹었다고 삐져서 깨졌다고."

혼은 대충 말했다. A급 남자는 어이가 없다는 듯 혼을 쳐다봤다. 이유를 어떻게 대던 상관이 없었다. 어쨌든 천화는 돌아오지 않는다. 보니까 인기 폭빌인 친화는 이미 다른 여자 둘과 팀을 짠 듯싶었다. 여자들끼리 뭉치자! 라는 것일까.

"봐, 저긴 이미 팀 등록을 끝냈다고."

남자는 어쩔 수 없다는 듯이 고개를 끄덕였다. SSS급과, S급에게 자신의 등급을 어필해 팀으로 들어가려던 선택은 이미 물 건너 간 것이다. 아쉬운 대로 혼이라도 잡아 생존확률을 올려야 했다.

"좋아, 그럼 우리 길드에서 한명 데리고 오지. 절대로 다른 사람과 팀을 짜면 안 돼. 알겠지?"

"그러지."

잠시 기다리자 A급의 남자가 B급 길드원을 데리고 나타났다. 길드원은 예의바르게 고개 숙여 인사를 한 뒤 말했다.

"잘 해봅시다."

"뭐, 잘해볼 거라면 잘해보자고."

A급 남자는 씁쓸하게 미소를 지었다.

길드원들은 이미 뿔뿔이 흩어졌다. 각자 길드 안에서 본인과 가장 친한 사람들과 팀을 짰다. 만약에 팀끼리 협력을 할 수 있는 시험이라면 길드가 다시 붙으면 되지만 아닐 경우 전부 적이 되는 것이었다.

남자는 그렇기 때문에 혼과 팀을 맺으려 했던 것이다. 만약에 팀끼리 대항하는 것이라면 혼의 힘으로 자신은 통과할 수 있을 것이고, 팀끼리 동맹을 맺을 수 있는 시험이라면 혼을 같은 길드로 끌어들일 수 있었다.

'잘됐어.'

남자는 고개를 끄덕이며 현 상황에 만족했다. 길드로서 움직일 수는 없게 되었지만 그래도 SSS급을 같은 편으로 만들었으니 이득이다. 적어도 지금까지는 그렇게 생각했다.

그 광경을 보고 있던 쿠로는 입을 다물지 못하고 있었다.

"어째서! 저 두 놈이 같은 팀이 아닌 것이냐!"

"그, 그게 잘."

아셀의 뒤를 밟던 남자가 변명하듯 말했다.

첫 번째 시험은 혼과 천화가 같은 팀이 되어야 아주 재밌는 장면이 연출되는 것이었다. 그렇기 때문에 일부러 아셀을 시켜 같은 팀을 만들라고까지 명령을 내렸던 것이다. 일이 틀어졌다고 해서 쿠로가 할 수 있는 일은 없었다. 그의 역할은 시험을 설계하는 것뿐, 개입할 수는 없었다.

"제길. 일 똑바로 못해!"

쿠로는 머리를 쓸어 올리며 한숨을 쉬었다. 그리고는 습관적으로 테이블 위에 올려져 있는 와인을 잡았다. 와인을 들이키려다 잔이 비어있는 것을 깨달은 쿠로는 산을 그대로 벽에 던졌다.

"망할, 후, 화면 연결해."

"네?"

"연결하라고. 진행은 해야지."

쿠로는 눈을 부릅뜨고 카메라를 쳐다봤다.

전광판에 쿠로의 얼굴이 나타났다. 혼은 그의 얼굴에서 분노를 엿보고 피식 웃었다. 팀만 같이 안 짰을 뿐인데 숨길 수 없을 정도의 분노라면 이미 그의 작전은 완벽하게 틀어졌다는 것이다. 그렇다면 이제부터는 이 시험이 무엇인지를 보는 일만 남았다.

"자, 첫 번째 시험은 술래잡기입니다. 술래는 바로."

쿠로가 고개를 틀어 시험장의 끝을 보았다. 약 4m 크기의 무장을 한 거인이 조각 맞춰지듯이 만들어졌다. 혼은 인상을 찌푸렸다. 아직까지는 팀을 짠 이유가 보이지 않았다.

"서바이벌은 3시간 동안 진행됩니다. 플레이어는 괴수를 공격할 수 없으며, 괴수는 오버로드 1성급의 힘을 가지고 있습니다. 그리고 여기 스페셜 룰."

쿠로는 힘을 주어 말했다;

"3명으로 이루어진 팀 중 단 한명만 생존할 경우, 괴수는 생존자를 때릴 수 없게 됩니다."

이게 쿠로가 노리던 부분이었다.

원래라면 혼과 천화가 팀을 짰어야 한다. 이 시험에서 살아남을 수 있는 확률이 가장 높은 전술은 자신을 제외한 나머지 팀원 2명을 죽이는 것이었다. 그렇게 되면 자동으로 무적 상태가 되어 3시간 동안 산책이나 하면 된다.

만약 혼과 천화가 같은 팀이었다면 그 선택지가 사라지게 된다. SSS급과 S급이 오버로드 급의 힘을 가진, 그것도 공격할 수 없는 괴수를 상대로 어떻게 대처할까. 쿠로는 그 장면을 찍고 싶었다. 둘 중 하나가 죽더라도 스페셜룰 때문에 한 명은 살아남을 것이고 만일 둘 다 살아남더라도 꽤나 재밌는 그림이 나올 것이다. 아니, 그럴 것이었다.

'망할. 망할. 망할. 망할.'

벌써부터 웃고 있는 혼의 얼굴이 보였다. 이미 필승법을 알아차린 혼이었다. 거기에 쿠로가 원하던 상황이 어떤 것인지도 그는 단번에 알아냈다.

"그럼 이제 진짜 시험장으로 이동하겠습니다."

전광판에서 쿠로의 얼굴이 사라지고 카운트다운이 나타났다. 10부터 숫자가 떨어지기 시작해 1이 되자 공간이 뒤틀렸다. 중앙도시에 들어올 때 보았던 바로 그 효과였다. 그렇게 잠시 혼과 그의 팀은 숲속에 도착해 있었다.

A급 님자는 잔뜩 신상안 표성이었다. 그 또한 이 시험이 어떤 의미인지를 아주 잘 알고 있었다.

'한 마디로 우리끼리 죽이던가, 우정을 뽐내던가. 둘 중 하나잖아. 그런 의미로 우리 팀은 최악이다.'

SSS급에다가 친하지도 않은 혼. 그가 어떻게 움직일지는 불 보듯 뻔한 것이었다. 그래도 B급 길드원을 데리고 온 게 다행이라고 남자는 생각했다.

"안색이 안 좋은데?"

혼이 말하자 A급 남자가 놀라며 뒷걸음질을 쳤다. 혼은 웃어주며 말했다.

"왜 그래? 팀이잖아."

"그, 그렇지. 맞아. 팀."

혼은 남자가 대답하자 창고에서 세버런스를 꺼내며 말했다.

"뭐해? 너도 무슨 상황인지는 알잖아."

남자는 속으로 욕을 내뱉었다. 스폰까지 받아 오면서 준비했던 시험이었다. 물론 SSS급이 나타나면서 평가가 내려갔지만 그는 혼이 나타나기 전까지 유력한 시험통과자로 지목되던 사람이었다. 시험이라는 것이 단 한명만 통과할 수 있는 것이 아니었기 때문에 혼이 있다고 해서 그가 통과하지 못하는 것도 아니었다.

그런데 운이 너무 안 좋았다.

"망할!"

남자는 소리를 치며 창을 꺼내들었다. 오러 2단계까지 겨우 각성했다. 능력을 제대로 써보지도 못하고 이대로 죽을 수는 없었다.

"죽어라!"

남자는 창을 앞으로 내질렀다. 푸른 기운이 창을 감쌌고 창끝에 모이더니 혼을 향해 날아갔다.

펑 하는 소리와 함께 흙이 사방으로 튀였다. 완벽한 기습이었다. 오러 각성을 2단계까지 달성한 사람은 첫 번째 미로에서는 보기가 힘들었다. 사거리 밖이었기 때문에 혼은 아마 방심하고 있었을 것이다.

"좋았어!"

남자는 환희에 차서 말했다. 대포와 맞먹는 일격이다. 아무리 퍼스트 마스터라 할지라도 이걸 맞고 무사할 리가 없다.

"크헉."

그때 뒤에서 비명소리가 들렸다. A급 남자는 뒤를 돌아보았다. 같은 팀은 길드원이 쓰러지고 있었다.

"뭐가 좋았어?"

혼은 세버런스를 닦으며 말했다.

그리고 A급 남자의 목이 날아가는 데는 고작 1초도 걸리지 않았다. 혼은 무적상태가 되었다는 상태창을 보며 씩 웃었다. 하지만 만족도 잠시 한숨을 내쉬었다.

"이런 시험이라면 천화는 분명 다 같이 살아남자는 헛소리를 하고 있을 텐데 말이야."

그 여자의 성격이라면 혼자 생존해야 한다는 현실보다

아남는 이상을 택할 것이다.

장히 바쁜 시험이 되겠군."

혼은 하늘을 올려보고는 두 다리를 빠르게 움직였다.

〈2권에서 계속〉